외톨이

흡혈 공주의 고뇌

8

Hikikomari
the Vampire Countess
no Monmon

알카 공화국 대통령
네리아 커닝엄

용병단 '코마리

뮬나이트 제국 제7부대 소속
에스텔 클레르

뮬나이트 제국 칠홍천
테라코마리 건데스블러드

'클럽' 결성!!

코마리의 메이드
빌 헤이즈

Illustrations copyright © riichu

"빌 헤이즈……,
근사한……
이름이네……."

비파 법사가 연주하는 음색,
그 울림은 전란을 불러들인다 ──.

"──이렇게 만난 것도
멋진 인연이에요."

떠돌이 비파 법사
트레몰로 파르코스텔라

코바야시 코테이

illust : 리이츄

고나현 옮김

외톨이

8

Hikikomari
the Vampire Countess
no
Monmon

Illustrations copyright © riichu

커버, 삽화, 본문 일러스트
리이츄

요선향 소동이 발생하기 얼마 전 3월 12일의 사건이다.

뮬나이트 궁전 '혈제(血祭)의 공간'은 그 살벌한 이름에 걸맞지 않게 화려하게 꾸며져 있었다.

컬러풀한 마력등. 화려한 테이블 크로스 위에 놓인 요리들.

그리고 정면에는 'Happy Birthday!!' 간판이 걸려 있었다──.

"──저 간판, 코마리 님 때 썼던 걸 재활용한 거네요."

"엥?! 아……, 정말이네?! 싫어……?"

"싫지는 않지만 복잡한 심경이에요. 이렇게 호화롭게 할 필요는 없는데……."

빌은 말 그대로 생일 자리에 앉으면서 불편한 듯 몸을 들썩였다.

그래, 3월 12일은 나의 변태 메이드 빌헤이즈의 생일이다.

서프라이즈를 위해 비밀리에 준비를 진행했지만 쓸데없이 민감한 빌은 내 계획을 바로 눈치챈 모양이다. 녀석은 생일 1주일 전부터 '선물은 코마리 본체가 좋아요'라고 크게 떠들었다.

하지만 막상 당일이 되어 보니 영혼이 여기 없는 사람 같다.

다들 축하한다고 말해도 냉정하게 "감사합니다"라고 인사할 뿐. 제7부대 녀석들이 할복 기예를 선보여도 무표정하게 짝짝 박수를 치는 게 전부다.

분명 이 녀석은 늘 쿨한 메이드다.

하지만 오랫동안 스토킹 피해를 당해 온 나로서는 그녀의 사소한 변화도 손바닥 보듯 알 수 있었다.

"뭐야, 빌. 어제까진 '생일이 기다려진다'면서 들떠 있었는데."

"저는 또 코마리 님과 단둘이 생일 파티를 여는 줄 알았죠. 설마 이렇게 떠들썩하게 모여서 기념할 줄이야……."

"그럼 서프라이즈 성공이네! 다들 빌을 축하해 주고 있어."

"그건…… 감사하지만……, 그래도……."

빌은 비둘기처럼 두리번거리며 주변을 둘러보았다.

꼭 누군가를 찾는 것 같다.

"왜 그래? 너랑 친한 로로라면 저기서 케이크를 먹고 있어."

"아니에요──. 찜찜해요. 이건 일개 메이드에겐 과분한 영광이에요. 저는 코마리 님의 몸을 만지면서 서로의 피를 빠는 거면 만족이었는데."

"그랬다간 법적 조치를 검토할 거야."

그리고 문득 깨닫는다. 빌의 뺨이 살짝 붉다.

이 녀석, 설마──.

"부끄러운 거야? 여러 사람이 축하해 줘서."

"…………. ……저에게 수치심이란 감정은 없습니다. 코마리 님도 잘 아시다시피요."

빌은 쿨한 분위기를 가장하며 머그컵을 입에 댔다.

그러나 제7부대 녀석들이 "축하해!" "축하해!" "경사네!"라고 절규할 때마다 귀가 점점 빨개져 간다.

아마 이 메이드 소녀는 자신이 무언가의 중심에 서는 것에 익

숙하지 않은 것이다.

그래, 그렇단 말이지. 이거 아주 재미있는데.

"……뭐죠, 코마리 님. 그런 히죽거리는 얼굴은 제 데이터에 없는데요."

"그냥~? 생일 축하해, 빌. 기왕이면 긴장을 풀고 즐겨 주면 좋겠어. 자자, 내가 추천하는 오므라이스를 먹어 봐."

"코마리 님 주제에 건방지네요. 입으로 먹여주신다면 생각해 봐도 좋은데요."

"안 해, 그런 짓."

"그럼 스푼으로 먹여 주세요. 아니면 파티를 즐길 수 없어요."

무슨 소리를 하는 거야, 이 녀석? 아기야?

"——안 되죠, 빌헤이즈 씨. 아무리 생일이라도 코마리 씨에게 무리한 일을 강요하는 건 옳지 않아요."

옆에서 나타난 건 백은의 초절정 미소녀 사쿠나 메모아다.

이 파티에는 제7부대 이외의 사람들도 많이 초대했다.

"빌헤이즈 씨는 제가 아까 드린 선물로 참아 주세요."

"사쿠나는 뭘 줬어?"

"'쫀득쫀득 쿠션'이에요. 앉기만 해도 피로가 풀린다고 해요."

그게 뭐야, 나도 갖고 싶어. 요즘 과도한 강제 노동 때문에 피로가 축적됐다.

빌이 "그러네요"라고 불만스레 중얼거렸다.

"메모아 님의 선물은 솔직히 매우 기뻤으니까 본의 아니지만 깊은 감사를 드리죠. ——하지만 그것과 이건 얘기가 달라요."

"어째서? 쫀득쫀득 쿠션으로 만족해."

"저는 코마리 님이 먹여 주는 것도 원해요. 먹여 주세요, 아—."

빌이 강제로 몸을 기대었다.

정말 황당한 메이드네. 그렇게 생각하면서도 나는 왠지 모르게 짐작했다. 이 녀석도 평소 같은 변태 행위를 해야만 버틸 수 있는 것이겠지. 즉 이건 부끄러움을 숨기기 위한 행위다.

뭐, 조금 정도는 관심을 줄까.

나는 포기하고 스푼으로 오므라이스를 펐다.

그대로 병아리처럼 대기 중인 빌의 입가로 가져가서—.

덥석.

"—여, 빌. 생일 축하한다."

낯선 남성의 목소리가 귀를 울렸다.

그 순간— "푸훕?!" 하고 빌의 입에서 오므라이스가 튀어나와 내 옷에 묻었다.

"와아아아?! 왜 그래?!"

"콜록, 쿨럭⋯⋯. 어떻게⋯⋯, 할아버님이 여기에⋯⋯?!"

"할아버님?"

빌이 놀라움에 가득 찬 눈으로 나의 등 뒤를 바라보고 있다.

뒤를 돌아보니 그곳에는 처음 보는 키가 큰 노인이 서 있었다. 정장에 실크 햇이라는 그야말로 신사다운 옷차림이다. 입가에는 방긋 미소를 머금고 있다.

"만나서 반갑군, 건데스블러드 장군. 늘 빌이 신세를 많이 지고 있어."

"엥? 그렇다는 건⋯⋯."

"나는 크로비스 도도렌즈. 빌헤이즈의 할아버지── 가족이지."

"왜 여기 계신 거예요!"

빌이 얼굴을 새빨갛게 붉히며 내 앞으로 뛰쳐나왔다.

나는 눈알이 튀어나올 뻔했다.

변태 메이드가 너무나도 변태 메이드답지 않은 표정을 짓고 있었기 때문이다.

"직장에는 절대 오지 말아 달라고 했는데! 이미 칠홍천은 관뒀으니까 집에서 느긋하게 쉬시면 되잖아요?!"

"생일 파티니까 당연히 와야지. 그나저나⋯⋯ 그래. 평소에는 그런 차림을 하고 있구나. 꽤 메이드 복장이 잘 어울리는걸."

"뭐⋯⋯, 바⋯⋯, 이⋯⋯."

영문 모를 신음을 내면서 굳어 버리는 메이드.

아니, 넌 누군데? 그 표정이야말로 내 데이터에 없는데.

빌이 "코마리 님" 하고 울상으로 바싹 다가왔다.

"⋯⋯이게 어떻게 된 거죠? 왜 할아버님이 여기 계신 건가요?"

"부르는 게 나을까 해서. 처음 뵙는데 아주 상냥해 보이는 분이시네."

"한 건 하셨군요, 코마리 님. 맹렬히 항의하겠어요. 오늘 밤 코마리 님 침소에 침입해서 온몸을 마구 주물러 드릴 거예요."

"어째서?! 할아버지께 일러바친다?!"

"?!"

빌이 화석처럼 움직임을 멈췄다.

표정이 절망에 물든다. 떨리는 입술에서 새어 나온 것은 절실한 애원이었다.

"그건…… 그만둬 주시면 고맙겠는데요……."

"안 그만둬. 주무르면 간지러워서 잠을 못 자니까."

"저기요. 제가 그런 짓을 하는 건 할아버님께 비밀로 하고 있거든요."

"? 무슨 뜻이야?"

"즉…… 제가 발칙한 짓을 하고 있다는 건 할아버님께 숨기고 있다는 거예요……."

발칙한 짓이라는 자각은 있었나.

그건 둘째 치고 무조건 이미 들켰을 것 같은데. 신문 같은 데서도 빌의 치한 행위는 다루니까.

하지만 뭐, 가족 앞에서 자기 변태성을 드러내는 건 부끄럽겠지. 피토리나와 비슷한 느낌이려나……, 흠, 이 메이드에게도 평범한 감성이 있었을 줄이야. 놀라운걸.

……아니, 잠시만?

이건 빌의 약점을 잡은 거나 다름없지 않을까?

"하하핫. 빌이 제대로 일하고 있는 것 같아서 안심했어."

"걱정하실 거 없어요. 저는 이미 어엿한 흡혈귀예요."

"그래, 빌 너도 16살이니까. ……그나저나 많이 컸구나. 얼마 전까지 혼자서는 잠도 못 자는 겁쟁이였는데. 눈 오는 날에는 나한테 끌어안겨 떨어지질 않아서 난감했지."

"옛날 이야기는 그만하세요! 늙은이 같아요."

"뭐 어떠냐. 오늘은 이렇게 경사스러운 날이니까."

크로비스는 빌의 머리를 툭툭 어루만졌다.

그걸로 완전히 폭발해 버린 듯하다. 빌은 더욱더 얼굴을 붉히 더니 "화장실 다녀올게요"라는 말을 남기고 바람처럼 사라져 버 렸다.

옆에 있던 사쿠나가 입을 떡 벌리고 있다.

나도 머리가 잘 돌아가지 않았다.

의외인 면도 정도가 있어야지……. 내 앞에서는 절대 저런 표 정 안 짓는데.

"미안하군, 장군. 저 아이는 어릴 적부터 부끄러움을 타서 말 이야."

크로비스가 온화하게 그렇게 말했다.

……부끄러움을 타? 저 메이드가? 그건 어떤 세계선의 얘기지?

"하지만 제7부대에서는 잘 지내는 것 같아서 다행이야. 장군 이 보기에 저 아이는 어떤 느낌인가? 당신에게 불편이나 주지 않으면 다행이겠는데."

"빌은 잘 해주고 있어. 저 녀석이 없었다면 난 몇 번이나 죽었 을 테고."

"그래, 그래. 아주 다행이군."

노인의 눈에는 다정한 빛이 깃든다. 진심으로 손녀를 걱정하 는 것이다.

왠지 부러운걸.

건데스블러드가는 한자리에 모일 기회가 많지 않으니까.

"저 아이가 장군을 만나서 정말 다행이야. 학원에서도 여러 일이 있었으니까 말이야, 당신이 손을 내밀어 주지 않았더라면 빌이야말로 죽었겠지."

"나야말로 도움만 받고 있어. 그러니까 저 녀석에게는 감사하고 있어."

"성실하군. 그래야 천하를 통일하는 대장군이지──. 앞으로도 빌을 잘 부탁하지. 저 아이에게는 과거가 아니라 미래만이 기댈 곳이니까."

"미래? 무슨 뜻이지?"

크로비스는 "이런" 하고 놀라며 눈을 깜빡였다.

"저 아이가 말 안 했나. 그럼 못 들은 걸로 해 줘."

"그게 뭐야……, 궁금하게. 또 나한테 비밀로 변태 같은 짓을 한 건 아니겠지."

"변태?"

"아, 아니, 아무것도 아니야! 빌은 청초한 메이드야!"

그 녀석만큼 '청초'라는 말이 안 어울리는 흡혈귀는 없겠지.

하지만 허세를 부리고 싶다는 빌의 마음은 잘 이해한다. 나도 여동생 앞에서는 '수학 숙제? 새끼손가락으로 끝낼 수 있는데, 뭐가?' 같은 태도로 굴고 있으니까. 지금은 그 녀석의 은폐 공작에 협력해 주자── 그렇게 생각했는데.

"하하핫, 빌은 장군을 정말 좋아해서 말이야. 지금은 너그럽게 받아주면 좋겠군. 정말 민폐라면 꾸짖어 두겠지만."

"…………."

이봐, 빌……. 들렸는데……? 괜찮은 거야……?

뭐 됐나. 나하고는 상관없는 일이니까.

이러저러해서 빌의 할아버지 크로비스와의 첫 만남을 마쳤다.

왠지 여러모로 충격적인 전개였지만……, 우선 크로비스 말처럼 빌과 사이좋게 지내자. 결국 내가 장군으로 지내기 위해서는 빌이 필요 불가결이니까.

그러나 나는 묘하게 걸리는 것을 떠올렸다.

'과거가 아니라 미래만이 기댈 곳'—— 크로비스의 의미심장한 말이 머리에 남아 있다.

뭐, 생각해도 별수 없나. 나중에 빌에게 확인해 두자.

나는 그런 식으로 낙관적으로 생각하면서 오므라이스를 보고 입맛을 다셨다.

☆

"——내 목적은 마핵을 파괴하고 저세상으로 가는 문을 여는 것. 전 세계의 은둔형 외톨이를 밖으로 내보내는 거야!"

겨울. 뮬나이트 제국의 소동이 잠잠해진 이후.

'신을 죽이는 사악'은 아이가 장난치려는 계획을 자랑하듯 그렇게 말했다.

뒤집힌 달은 지난 사건 '흡혈 소란'으로 괴멸 상태에 빠졌다. 포로가 된 구성원에 의해 아지트의 소재가 폭로되면서 각국의 군대가 샅샅이 조사에 나선 것이다.

현재 살아남은 뒤집힌 달은 단 여섯 명뿐.

스피카. 후야오. 트리폰. 코르네리우스. 아마츠. 나머지는 고용인 하나.

그 이외의 멤버는 공권력에 잡혔거나 도망 중이거나 행방불명 혹은 싸움 끝에 비명횡사했거나 넷 중 하나다.

"여섯 나라의 사람들은 무지해."

상석에 앉은 스피카가 의연한 목소리로 속삭인다.

"그들의 눈에 비친 세계를 그대로 받아들이는 데 만족하고 있어. 우물 안 개구리들이 바다의 넓이를 모르듯이, 여름 한 철이면 생을 마치는 벌레들이 겨울의 아름다움을 의심하듯이, 거기 있는 찰나의 일상을 즐길 뿐 앞으로 나아가려 하지 않아. 그것도 인간다워서 귀엽긴 하지만 다소 불쌍하지 않아?"

"너는 우리와 대화할 마음이 없는 거냐?"

트리폰이 황급히 "후야오!" 하고 나무란다.

꾸짖는 이유를 후야오는 모르겠다. 저기 있는 아마츠도 듣는 척하며 대충 흘려넘기고 있고, 코르네리우스로 말할 것 같으면 테이블 위에 원고용지를 늘어두고 뭔가를 쓰고 있다. 아가씨의 농담을 진지하게 듣는 건 트리폰 하나겠지.

"──즉 너희에게 사정을 알리고 싶은 거야. 그래야 앞으로 도움이 될 테고."

"그래서, 뒤집힌 달의 목적은 뭔데?"

"마핵을 부수는 것! 이건 처음부터 주장하고 있는데."

붉은 사탕을 입에 물면서 스피카는 웃는다.

"애초에 마핵이 어떤 건지 알아? 코르네리우스."

"응? 그러게……. 일반적으로는 '각 종족에 무한한 마력을 주는 특별한 신구'라고 하는데."

"그건 표면적인 성질에 불과해! 마핵이란 건 오래전, 내가 태어나기 한참 전에 신들이 만든 아티팩트야! 누군가의 요구에 응해 어떤 소원이든 들어주는 궁극의 물질. 이 세계는 마핵에 의해 창조되었다고 주장하는 사람도 있었어."

후야오는 접시 위의 유부를 집으면서 생각한다.

요약하자면 귀중하면서도 강력한 효과를 가진 보물이란 말인가.

"원래 마핵은 '반짝반짝 빛나는 별 같은 구체'. 하지만 인간의 바람에 따라 형상이 변해 가. 현대의 마핵은 국가의 주춧돌 기능을 가지고 있어. 600년 전에 바보들이 그렇게 설정했기 때문이야. 그래서 마핵은 그들의 의지에 따라 지금 같은 무한 회복을 위한 도구로 쓰이고 있지. 역사서를 읽어 보면 바보들은 '평화를 바라는 바람을 마핵에 담았다'라고 썼지만, 실제로는 그렇지 않아──. 녀석들은 평화 따위 바라지 않아. 저세상으로 가는 문을 닫고 싶었던 거야."

이야기를 따라가기가 귀찮아졌다. 까다로운 이야기는 후야오가 싫어하는 포인트다.

그러나 트리폰만은 열심히 귀를 기울이고 있다.

"저세상……, 제가 테라코마리 건데스블러드와 싸운 세계 말인가요."

"맞아, 트리폰. 여기와는 월령(月齡)이 정반대인 세계. ──600년 전에는 저세상으로 가는 '문'이 각국에 있었어. 하지만 고대의 바보들이 '문을 봉인하고 싶다'라고 마핵에 바라고 말았지. 그래서 수많은 사람은 저세상의 존재를 잊은 지 오래야."

후야오는 뮬나이트 궁전에서 있었던 전말을 떠올린다.

테라코마리의 펜던트에 금이 갔을 때 빛이 넘치면서 이계로 끌려갔다고 한다. 그건 마핵에 균열이 생기며 문의 봉인이 약해졌다는 것을 뜻하겠지.

"즉, 마핵의 현재 역할은 '문을 봉인하는 것'. 사람들에게 마력을 나눠주는 무한 회복 기능은 부차적인 것에 불과해. 여기에도 이유나 배경은 일단 있지만, 뭐, 딱히 지금 이야기할 일도 아니니까 보류해 둘게."

머릿속이 복잡해진다──. 그런 자각이 방아쇠가 되었다.

디잉. '표면'이 사고를 포기했기에 '이면'의 자신이 부각된다.

"──즉! 마핵을 부수면 저세상에 왕래할 수 있게 된다는 겁니까?!"

"그래! 내가 이루고 싶었던 건 그거야!"

"저세상에 가서 뭘 하고 싶은데? 아가씨."

아마츠가 팔짱을 끼며 물었다. 후야오는 여우 귀를 세우며 경계한다. 평소부터 트리폰은 이야기했다──, '저 화혼은 배신을 저지른다'라고.

"저세상은 이상향이야. 모든 은둔형 외톨이는 그 세계에서 평화롭게 살아야 해."

"추상적이군. 구체적으로 설명해 줘야 후야오가 이해하지."

"아마츠 님? 그건 저를 도발하는 걸까요?"

스피타가 "싸우지 말래도"라며 웃는다.

"이 세계—— 임시로 '현세'라고 부를게. 현세는 괴로움으로 가득 차 있다고 생각하지 않아? 강자가 버젓이 설치고 약자는 길가에 핀 꽃처럼 짓밟혀 가. 작년 육국 대전이 좋은 예시야. 그래서 나는 소질 있는 사람—— '은둔형 외톨이'를 모아서 저세상에 이주시킬 거야. 그리고 싸움 없는 이상향을 만들고 싶어."

"그래. 거기 걸림돌이 되는 게 마핵이란 말이지."

후야오는 아마츠의 표정을 관찰한다.

새로운 사실에 놀라고 있는, 그런 기색은 찾아볼 수 없었다.

"저세상으로 가는 문은 6개. 그리고 그걸 봉인하는 마핵도 6개. 참고로 마핵의 효과 범위는 이 문을 중심으로 대지를 뒤덮고 있어서 마핵 본체가 이동해도 어긋나는 일은 없어."

"문은 나라의 중심에 있나요?"

"그래, 맞아. 뮬나이트라면 제도의 궁전, 알카라면 수도의 구왕궁. 세계에는 이것들 6개 말고도 문이 있지만 그건 번개나 폭풍 때문에 억지로 열린 것에 불과해. 시간이 지나면 사라져 버리기 때문에 일상적으로 이용할 수 있는 게 아니야."

"하지만 뮬나이트 황제를 저세상으로 격리하셨죠? 그건 어떤 방법으로?"

"기습했을 때 눈보라가 쳤잖아? 우연히 문이 열렸길래 밀어 넣었을 뿐이야."

코르네리우스가 "흐음" 하고 흥미진진하다는 듯 팔짱을 꼈다.

"마핵을 하나 파괴하면 문이 하나 열린다는 건가. 꼭 연구해 보고 싶군."

"하지만 하나만 부숴서는 안 돼. 마핵을 하나라도 남겨두면 악용하는 녀석이 반드시 나오니까. 우선 별의 녀석들은……."

"별?"

"……아무것도 아니야."

스피카가 나른한 듯 눈을 내리뜬다.

아마츠가 "아가씨" 하고 퉁명스러운 얼굴로 입을 열었다.

"슬슬 결론을 말해 줘. 너에게 협력하면 우리에게 무슨 이득이 있지?"

"후후후——. 그 시점은 잘못됐어, 아마츠. 이건 선택의 척도로 잴 수 있는 야망이 아니야. 사랑의 이야기지."

또 의미를 알 수 없는 소리를. 트리폰을 제외한 모두가 혀를 내둘렀다.

"언젠가 알게 될 거야. 나의 사상에 공감할 수 있는 소질을 가졌기에 당신들은 '삭월'이니까. 뭐, 우선 뒤집힌 달의 진정한 목적은 '마핵을 파괴해 저세상에서 이상향을 만드는 것'. 오늘 하고 싶었던 말은 그것뿐이야! ——그럼 저녁이나 먹을까."

스피카는 이야기를 매듭지었다. 후야오는 황급히 자리에서 일어난다.

"아가씨! 꼭 가슴에 응어리가 남은 듯한 기분입니다. 기왕이면 저세상에 관해 지금 조금 설명해 주시면."

"너무 물을 많이 주면 꽃은 시드는 법이야."

또 이거다. 정보를 함부로 꺼내기 아까워하는 스피카의 고질병이 뒤집힌 달을 와해시킨 원인 중 하나가 아닐까 후야오는 생각한다.

그러나 입을 다물자. 알랑거리는 순종적인 신하를 가장하는 게 오래 사는 비결이다.

후야오는 자리에 앉으며 미소 지었다.

"──다 이해했습니다! 직접 생각하기로 하죠."

"힌트만 줄게."

스피카는 사탕을 살랑살랑 흔들며 큰소리쳤다.

"라페리코 왕국의 고향에 가보면 좋을지도 몰라. 그러면 세계의 수수께끼를 조금은 알 수 있지 않을까? 뭐, 난 당신 고향을 모르지만! 선물 잘 부탁해!"

후야오 메테오라이트의 고향은 라페리코 왕국 변경에 있었다.

국경 산맥이 머리 위에 있는 한촌으로, 여우 수인들이 가난하나 소박하고 평화로운 생활을 영위하고 있다. 정식 지명은 '르나르 마을'.

하지만 이 마을은 더는 존재하지 않는다.

몇 년 전, 그날은 풍양의 신에게 기도를 올리는 축제 전날이었다.

점심 무렵까지는 마을 사람이 총출동해 떠들썩하게 준비 중이었다. 후야오도 가족과 함께 공물용 떡을 반죽했던 기억이 난다.

그러나 갑작스레 나타난 흡혈귀가 모든 걸 망쳐놓았다.

칠홍천 유린 건데스블러드.

그녀가 내뿜은 불은 순식간에 마을을 집어삼켰다. 어린 후야오는 마을 사람 손에 이끌려 창고로 들어갔고 제의용 술통 뒤에 숨어 마을이 타는 소리를 들었다. 곧 해가 저물 무렵에는 새 소리만 나고 있었다.

창고에서 나온 후야오를 맞은 것은 무참히 파괴된 고향의 모습이었다.

타버린 밭. 재가 된 가옥. 수인들은 시체가 되어 땅에 포개져 있었다.

르나르 마을은 드물게도 '마핵과는 무관한 벽지'다. 그렇기에 후야오의 소중한 사람들이 돌아오는 일은 없다. 아버지, 어머니, 오빠 하나도 남김없이 죽었다. 유린 건데스블러드 때문에.

그 이후, 후야오는 흑백의 세계에 머물러 있다.

기쁨도 슬픔도 없으며 무의미하게 검만 계속 휘두르는 나날.

힘을 추구하는 것은 예술과 비슷하다.

혈액과 비명으로 세계를 물들이는 혁명 활동. 후야오가 색을 되찾기 위해서는, 원수에게 복수할 수밖에 없다. 그리고 절대적인 강자가 되는 수밖에 없다──.

(안 돼요. 그 이상 생각하는 건 독입니다.)

의식 밑바닥에서 목소리가 들렸다.

'이면'은 의외로 걱정이 많다. '표면'은 눈을 밟으면서 응한다.

(알아. 과거는 자신을 분발시키는 극약이지만, 마음을 좀먹는

맹독이기도 해.)

(좋습니다. 르나르 마을의 현재 상태를 보고도 과장되게 한탄하지 마시길.)

(이제 와서 한탄할 이유가 있나? 어차피 폐허일 텐데.)

이미 가장 가까운 '문'에서 3시간 정도 걸었다.

눈의 흰색은 더욱 농도가 짙어졌고, 불어 드는 한풍이 귀를 어루만질 때마다 몸서리를 친다. 헛걸음이라면 가만두지 않을 거야——. 그렇게 속으로 욕을 내뱉었을 때 문득 깨닫는다.

이상하게 걷기 편하다. 자세히 보니 길이 생겨나 있다.

신발로 다져진 눈, 그리고 마차인지 뭔지의 바퀴 자국.

(이상해. 이 앞은 아무것도 없을 텐데.)

(인기척이 나는군요.)

(어떻게 된 거지? ······.)

'이면'은 답하지 않는다. 후야오는 예사롭지 않다는 것을 느끼고 눈길을 서둘러 걸었다.

잎이 떨어진 나무들 사이를 가로지른다. 갈림길에 낯선 간판이 서 있었다.

〈이 앞은 르나르 마을〉

이렇게 해서 후야오가 발을 디딘 것은 삭막한 집락의 풍경이었다.

기억 속에 있는 모습과는 거리가 멀었다.

하지만 그건 당연하다. 과거의 르나르 마을은 불타 버렸으니까.

"말도 안 돼······. 재건된 건가······?"

초가로 된 가옥이 드문드문 세워져 있다. 후야오는 망연자실한 심정으로 걷기 시작했다.

갑자기 천진한 웃음소리가 고막을 울렸다.

얼어붙은 밭 위에서 여우 귀를 단 아이들이 눈을 던지며 놀고 있었다.

지난날의 참극 따윈 전혀 떠올릴 수 없는 평화로운 풍경――, 후야오는 잠시 넋을 잃고 멍하니 서 있었다.

그들은 한동안 정신없이 눈싸움을 벌였다. 그러나 침입자의 기척을 느끼고는 우뚝 멈춰 서더니 가만히 응시한다. 꼭 외부인을 보는 듯한 태도다.

(――저쪽이에요. 우리 집은 마을 한가운데 세워져 있었을 터.)

'이면'의 재촉에 후야오는 발길을 돌린다.

공기는 차갑게 식었는데도 땀이 계속해서 흐른다. 강자와 대치했을 때의 고양감과도 다르다. 압도적인 힘에 무너졌을 때의 절망과도 다르다. ――순수한 불쾌감이다.

"여기인가……."

그 건물은 공동 우물 근처에 있었다.

외관은 역시 기억하는 것과는 다르다.

하지만 대문에 걸린 문패를 본 순간, 후야오는 현기증을 느끼고야 말았다.

〈메테오라이트〉

이런 희귀한 성을 대는 것은 후야오 일족뿐이다.

그렇다는 건. 즉. 그들은 죽었을 텐데――.

"뭐야, 손님인가?"

칼자루에 손을 얹으며 돌아본다.

후야오는 절벽에서 미끄러져 떨어진 듯한 기분이었다.

그곳에 있는 남자의 모습이 마음속의 오랜 상처를 힘껏 도려낸다.

"……오빠?"

사후 세계에 발을 들인 게 아닐까 했다.

그러나 자세히 보니 달랐다. 오빠는 이렇게 생기지 않았다.

그냥 분위기가 조금 비슷할 뿐이다.

"너는 누구니?"

"너야말로…… 누구냐……?"

"나는 이 집 사람이야. 그러는 너는 르나르 마을 사람이 아니지? 어느 집의 친척인가? 그나저나 훌륭한 무기를 가지고 있네. 혹시 왕도의 군인인 건……."

가루눈이 훌훌 내린다. 르나르 마을이 더욱 희어졌다.

그러나 후야오의 세계는 기묘하게 물들어 간다.

구역질과 현기증이 멈추지 않는다. 더는 참을 수 없게 된 후야오는 입가를 누르며 그 자리에 주저앉았다.

남자가 황급히 부축한다.

"어디 아픈 거니? 큰일이네, 우선 따뜻한 곳으로……."

뿌리칠 기력도 없었다. 머릿속을 메우는 것은 당황스러움과 공포, 그리고 그리움.

'이면'이 신음한다.

(그래, 이런 건가요. 이건 현실, 현실입니다……. 저의 르나르 마을은 완벽하게 멸망해 있었어요. 아가씨의 업적은 전대미문의 극치. 제가 이렇게 그리운 환영에 시달리는 것도 전부 '신을 죽이는 사악'의 손바닥 위. 그야말로 극약이면서 맹독이군요.)

눈물을 참는 사이, 메테오라이트가로 들어올 것을 권유받았다.

그리운 고향, 그리운 친가, 모양은 기억상의 것과는 달랐다──. 그러나 기색이 비슷하다. 온기나 친밀감이 느껴진다. 흑백의 세계가 색을 되찾는다.

(그래.)

아가씨는 선택지를 제시한 것이다.

──한자리에 머물러 평범한 여자로 살 것이라면 복수심은 점차 흐려지겠지. 세계를 컬러풀한 분홍빛으로 물들일 수 있어. 당신에겐 다른 모두와는 다른 길이 남아 있다는 거야.

──자, 어떡할래?

──진실을 덮어버리고 르나르 마을에서 평온하게 살 것인지. 진실을 똑바로 응시하고 나와 함께 싸울 것인지. 어느 쪽을 택하든 화내지 않을게.

(아가씨가 굳이 이런 걸 시사한다는 건…… 내가 추구하는 진실에 가치는 없다는 건가……?)

디잉. 디잉.

세상이 변해 간다.

르나르 마을이 불탄 그날 이후, 두개골 안쪽에서 '디잉' 하는 소리가 울리게 됐다.

표면과 이면. 선과 악. 적군과 아군. 거짓과 진실——. 모든 걸 반전시키는 비파 소리가.

☆

저세상으로 가는 문이 열려 버렸다.

실은 조금 더 준비하고 싶었다. 하지만 때가 되었다면 어쩔 수 없다.

해야 할 일은 산더미처럼 많다.

성채의 섬멸. 출입구 봉쇄. 이상향의 조영(造營).

그리고 600년 전에 헤어진 친구와의 재회.

《계절이 622번 돌았을 때 다시 만나죠. '천상의 보석' 옆에서.》

그녀는 미래를 볼 수 있는 무녀였다.

그러니까 그 말은 진실일 게 분명하다.

곧 계절은 622번 돈다.

"기다려. 우리 소원은 이제 곧 이뤄질 거야."

피 사탕을 빨면서 요선향 경사의 돌바닥을 걷는다.

방 안에서 한탄하고 있는 사람들을 밖으로 데리고 나가 주자.

슬픔이 존재하지 않는 세계에서 나와 함께 틀어박히게 하자.

테라코마리에게 물어보면 '너는 역행하는구나'라고 질타할지도 모른다.

하지만 나는 이것 말고 마음의 안녕을 얻는 방법을 모른다.

오히려 이것이야말로 최상의 방법이라고 확신한다.

나는 반드시 이뤄 보이겠어.
이 세상을 뒤집어서라도.

육국 신문 3월 24일 조간

[마핵 붕괴, 모든 신선종에 외출 금지령

요선향 정부는 23일 마핵 붕괴를 발표했다. 원인은 불명. 요선향 및 핵 영역에서 신선종의 무한 회복 효과가 사라진 것이 확인되었으며, 각지에서 혼란이 발생하고 있다. 전 천자 아이란 이쥬 씨는 모든 신선종에게 외출 금지령을 포고하고 국가 비상사태 선언을 발령했다. 또 자금궁에서는 마핵 붕괴 추정 시각에 어떠한 공간 장애가 발생한 것으로 보이며 그에 휘말린 즉위식 참석자가 몇 명 모습을 감췄다. 이 중에는 새로운 천자 테라코마리 건데스블러드 폐하 및 황후 아이란 폐하도 포함되어 있으며, 요선향 중추부에는 천지가 흔들리는 대소동이 벌어졌다. 각국 수뇌부는 사태를 무겁게 받아들이고 있으며 경사에서 임시 '육국 회의'가 열리게 되었다. 신선종 여러분은 정부의 발표가 있을 때까지 부주의한 외출을 삼가도록. 이제 죽어도 살아날 수 없습니다.]

※

"좋은 아침입니다. 코마리 님. 오늘도 날이 좋네요."

거품처럼 의식이 떠오른다.

어라? 내가 뭘 하고 있었더라?

분명…… 요선향에 가서. 네르잔피와 싸우고. 린즈의 목숨을 구하고.

그 후로 결혼이니 즉위니 하는 소동을 거쳤고, 그리고――.

"아직 졸리세요? 그럼 저도 코마리 님 배를 베개 삼아 다시 잠을 청하도록 하죠……. 아아, 부드러워……. 정신없는 틈을 타서 피를 빨고 싶어……."

"우와아아아아아아아?!"

나는 신변의 위험을 느끼고 쏘아 올린 불꽃처럼 벌떡 일어났다.

빈틈을 보이면 바로 이렇게 된다.

따뜻한 가을 날씨처럼 온화한 성격을 자랑하는 나라도 역시 이성을 잃었다.

"저리 가!! 내 피를 빨면 1mL당 1달의 휴가를 요구할 거다?!"

"츤데레스러운 반응 감사합니다. 하지만 그보다 주변이 더 큰 일이에요."

"뭐? 네 변태성보다 더 큰 일이 있다고……?"

빌의 재촉에 주변을 둘러보았다.

나무들이 무성한 숲길이 보인다. 초봄의 따뜻한 바람이 불 때마다 가지가 흔들리고, 기분 좋은 나뭇잎 소리가 고막을 간질인다. 나는 그제야 내가 땅 위에 누워 있는 듯하다는 걸 알아차렸다.

군복에 붙은 나뭇잎과 진흙을 털어내면서 "저기, 빌" 하고 말을 건다.

"여긴 어디야? '눈을 떠보니 전장이었습니다' 같은 늘 있는 그건 아니지?"

"여긴 저세상이네요."

"……뭐??"

"요선향의 마핵 《유화도》가 부서졌어요. 그리고 봉인되어 있던 힘이 새어 나와 저희를 저세상으로 이끈 거죠. 아마 흡혈 소란 때 뮬나이트 궁전에서 발생한 현상과 같겠지만, 그렇게 되면 코마리 님의 펜던트는──."

머릿속에 격류처럼 기억이 재생된다.

금이 간 마핵, 린즈의 절망한 표정, 넘쳐흐른 섬광.

그리고 청소기에 빨려드는 먼지 같은 느낌으로 강제 전이되는 나와 빌.

그래, 태평하게 잠이나 잘 때가 아니야……!

"──안 되겠어. 역시 이 근처에 인가는 없나 봐."

뒤에 있던 덤불이 부스럭부스럭하더니 네리아 커닝엄이 모습을 드러냈다.

엥, 네리아? 왜?

고개를 갸웃하는데 그녀가 난처해하는 눈치로 이마의 땀을 훔쳤다.

"가만히 있어도 배만 고프니까 이동하는 게 좋을지도 몰라."

"그런가요. 역시 여기가 요선향일 가능성은 무너졌군요."

"요선향은커녕 우리가 있던 세계도 아닌 것 같아. 당신이 말했던 '저세상'이라는 곳이 맞을지도 몰라——. 자, 에스텔. 울지 마."

"네……, 아뇨……. 안 울어요……."

나는 놀라서 네리아 뒤를 봤다.

그곳에는 포니테일을 한 흡혈귀, 에스텔이 서 있었다.

그러나 상태가 이상하다. 평소의 에스텔은 좀 더 야무진 인상일 텐데 지금은 숨바꼭질하다가 잊힌 아이 같은 표정이다.

문득 눈이 마주쳤다. 꼭 지옥에서 부처를 발견한 듯한 시선이 나에게로 향했다.

"깨어나셨군요……!"

"응? 아, 좋은 아침."

"각하~~~~~~~~~~!!"

바싹, 에스텔이 거리를 좁혀 온다.

눈앞에 눈물이 그렁그렁한 눈이 있다. 아니, 정말 어떻게 된 건데. 에스텔이 이런 표정을 짓다니, 세상이 끝날 징조로만 보이는데……?

"저는 어떡하면 좋죠?! 이런 건 군 학교 커리큘럼에도 없었어요!"

"커리큘럼? 그게 뭔데."

"이세계로 전이했을 때 취해야 할 적절한 행동을 모르겠어요!!"

"신경 쓸 거 없어요, 에스텔. 그건 아무도 모르니까."

"하지만 빌 씨……! 이런 건 예정표에 없었는데……."

"당신은 대체 언제까지 매뉴얼만 찾을 거야! 이럴 때야말로 군인답게 임기응변을 발휘해야지."

에스텔은 "죄송합니다……" 하고 고개를 떨어뜨렸다.

나는 불길한 예감을 느끼며 빌을 돌아본다.

"……여기가 정말 이세계야?"

"아마요. ──저기 있는 나무들을 보세요. 300년 전에 멸종했을 '알카 삼나무'예요. 전류들이 건축 자재로 남용해서 이 세상에서 자취를 감추었을 텐데요."

"뭐……? 우리가 300년 전으로 왔다고?"

"모르겠어요. 하지만 알카 삼나무뿐만이 아니에요. 예를 들어 저기 핀 꽃은 도감에도 안 실려 있어요. 독약 마니아로서는 꼭 채집해두고 싶네요."

"각하, 위를 보세요. 왠지 태양이 두 개 있는 느낌이 드는데요……."

에스텔에게 이끌려 하늘을 봤다.

눈이 부셔서 얼굴을 찡그리면서 응시하는데 분명 빛나는 항성 두 개가 나란히 하늘에 떠 있다. 뭐지, 저건. 내가 모르는 사이 태양이 여친이라도 찾았나?

"기분 탓이겠죠. 제가 잘못 본 거겠죠."

"그래. 에스텔은 지친 거야."

"그렇겠죠……. 다행이다!"

에스텔은 완전히 현실 도피 모드였다.

나도 모두가 있기에 씩씩하게 행동할 수 있지만, 만약 혼자 이런 곳에 날려왔다면? 그렇게 생각하니 머리가 어떻게 될 것 같다. 다른 사람들이 너무너무 걱정된다.

"빌, 여기 있는 건 우리 넷뿐이야?"

"네. 린즈 님이나 메이파 님은 아무 데도 없습니다. 같은 타이밍에 마핵의 빛을 쬔 것 같은데요……."

"전이는 여러 의미로 랜덤한 거겠지."

네리아가 씁쓸한 과거를 회상하듯 말한다.

"그때 나와 에스텔은 코마리를 만나기 위해 대기실로 가는 길이었어. 그랬더니 갑자기 빛이 나타나서 휩쓸려 버렸지. 대상 범위에 있는 인간이 적당히 선발되어 적당한 곳으로 날려간 걸 거야. 린즈·일행은 저세상의 다른 곳에 있을지 몰라."

에스텔이 "그럴 수가" 하고 파랗게 질린다.

"설마 저희는 조난당한 건가요……?"

"그렇게 표현하는 게 타당하려나? 돌아갈 방법을 모르니까."

"참고로 【전이】 마법석은 못 쓰겠죠. 마력이 저쪽까지 안 닿을 거예요."

"뀨우."

에스텔은 쥐 같은 비명을 지르며 쓰러져 버렸다.

나는 그녀를 챙기면서 머리를 굴렸다.

상황은 이해 불능. 여기서 '집에 갈래!!'라고 떼를 써도 의미는 없겠지.

냉정해져, 테라코마리 건데스블러드.

요선향에서 벌어진 소동의 전말을 잊지 마.

나는 얕은 생각으로 린즈를 한 번 잃었다. 좀 더 생각을 했더라면 린즈를 구할 수단이 떠올랐을지도 모르는데, 무작정 달리기만 할 뿐 아무것도 할 수 없었다.

화촉 전쟁의 비극을 반복해서는 안 된다.

나는 희대의 현자. 궁극의 두뇌와 이성을 가진 인도어파.

이 난관을 뛰어넘을 만한 힘이 있을 것이다.

"——빌! 피를 빨게 해줘!"

"""어???"""

셋의 눈이 동그래졌다. 나는 아랑곳하지 않고 빌의 두 어깨에 손을 얹었다.

"미래를 보는 거야! 그러면 뭘 해야 할지 알 수 있을지도 몰라."

내가 생각하기에도 명안이다. 열핵해방【판················ 이름은 잊었다. 하지만 빌의 능력은 상황을 타파할 열쇠가 될 것이다.

그러나 어째서인지 그녀는 얼굴을 새빨갛게 붉히며 허둥지둥했다.

창피해할 때가 아니잖아——, 그렇게 생각하는데 네리아가 "잠깐!" 하고 끼어들었다.

"코마리가 빨 필요 없잖아? 내가 빨게."

"네리아는 전류잖아? 피를 빨면 배탈 나."

"으······, 그럼 에스텔! 당신이 빌헤이즈의 피를 빨아!"

"송구합니다! 게다가 군 학교 교칙에 따르면 불순 이성 교제는 금지되어 있어서······."

"이성이 아니고 여긴 군 학교도 아니야! 흡혈귀라면 가차 없이 피를 빨라고!"

역시 내가 빠는 수밖에 없을 듯하다.

빌에게 시선을 돌린다. 그녀는 살짝 안정을 되찾은 듯했다.

"……즉, 제 열핵해방으로 앞으로의 방침을 정하겠다는 거로 군요."

"그래. 그러니까 도와주면 고맙겠어."

"알겠습니다. 하지만 재차 전해두고 싶은 게 있는데요."

빌은 뺨을 붉히면서도 진지한 표정을 띠었다.

"제 관측대로라면 【판도라 포이즌】엔 두 가지 단계가 있습니다. 하나는 장기적인 예지를 가능하게 하는 '미래시'. 그리고 두 번째는 단기적인 예지와 시간차 공격을 가능케 하는 '미래 폭탄'. ——이 두 가지 중 저희가 지금 필요로 하는 건 전자지만 실은 '대략 5일에 한 번 정도밖에 발동할 수 없다'라는 제약이 있습니다."

"처음 들어."

"전에 계측해 봤는데, 코마리 님께 보고드리는 걸 깜빡했습니다. 죄송해요."

아니, 빌은 아무 잘못 없다.

부하의 능력에 털끝만큼도 관심이 없던 나 자신의 책임이지.

【판도라 포이즌】이라는 명칭조차 제대로 기억하지 못했으니, 기가 막힌 것을 뛰어넘어 박장대소하고 싶어진다.

"미안……. 내가 확인해 둘 걸 그랬네. 좀 더 정보를 모을게."

"훌륭한 마음가짐이세요. 저도 코마리 님을 본받아 주의하겠습니다. ——본론으로 돌아가서, 즉 【판도라 포이즌】을 쓸 타이밍은 숙고해야 합니다."

"그래, 그래."

"그리고 【판도라 포이즌】으로 볼 수 있는 건 '미래의 어느 한 장면'뿐입니다. 너무 기대하셔도 응할 자신이 없어요."

무적인 줄 알았던 열핵해방에도 의외로 제약이 있다는 건가.

하지만……, 그렇더라도 그녀를 의지할 수밖에 없다.

"……이런 건 첫걸음이 중요해. 쓸 거면 지금이 가장 낫다고 봐. 우선 일주일 후를 봐주지 않을래?"

빌은 "알겠습니다" 하고 얌전히 고개를 끄덕였다.

"그럼 피를 빨리기 전에 마음의 준비를 하겠습니다. 우선 3시간 정도 명상을 함으로써 정신 통일을 히약?!"

나는 빌의 헛소리를 무시하고 목덜미에 이빨을 댔다.

메이드의 "코마리 님……!" 하는 당황한 목소리를 무시하고 츄웁츄웁 소리를 내며 피를 빨아 간다. 그러자 시야가 단숨에 붉게 물들어갔다. 열핵해방 【고홍의 애도】——, 그러나 내 마음은 잔잔한 바다처럼 차분하다. 활활 타는 마력이 흘러넘쳐도 폭주상태에 들어가지 않는다.

천천히 그녀의 피부에서 입을 뗀다.

눈앞에는 얼굴과 눈이 새빨개진 빌이 서 있다.

"보여?"

조용히 말을 건다.

뒤에 있는 네리아와 에스텔도 마른침을 삼키며 지켜보고 있다.

빌은 잠시 침묵했지만 곧 "아아" 하고 괴로운 듯 한숨을 내쉬었다.

"코마리 님은……."

붉던 얼굴이 금세 파랗게 질렸다.

심상치 않은 공포의 기색. 손끝의 떨림이 전파되어, 무시무시한 미래의 출연을 예감했다.

빌은 잠시 망설이더니 믿기지 않는 예언을 입에 담았다.

"일주일 후……, 코마리 님은 돌아가십니다……. 제 곁에서……, 잠자듯이……."

누가 봐도 사형 선고다.

마음의 동요에 입술이 떨렸다.

"거짓말하지 마."

"정말이에요."

"사실을 이야기해."

"사실을 이야기했어요."

놀란 나머지 붉은빛 마력도 수습되어 간다.

이렇게 해서 저세상의 모험은 최악의 스타트를 끊게 되었다.

☆

우리의 방침이 정해졌다.

──'어쨌든 죽지 않을 것'.

"어라? 이거 평소랑 똑같지 않나……?"

"똑같지는 않습니다. 저세상은 아마 마핵의 효과가 미치지 않는 곳일 테니까 죽으면 정말 죽을 거예요."

"어떡해?! 7일 후에 죽는 코마리라니, 웃기지 말라고 해?!"

저세상의 숲속.

우리는 암담한 심정으로 행군을 이어가고 있었다.

먼 옛날 멸종했다는 알카 삼나무가 쑥쑥 솟아나 있는 광경이다.

빌의 예지에 따르면 나는 일주일 후에 죽는다나 보다. 자세한 상황은 불명이다. 보인 것은 '빌 옆에서 조용히 숨을 거두는 나' 뿐이다.

물론 【판도라 포이즌】은 절대적이지 않으니까 본인의 행동에 따라 미래는 얼마든지 바꿀 수 있다. ……하지만 목에 칼이 들이대져 있는 듯한 기분은 떨칠 수 없었다.

네리아가 "바보 아냐"라고 어이없다는 듯 웃으며 말한다.

"바꿔 생각하면 코마리는 일주일 후까지는 죽지 않는다는 거잖아? 끙끙 앓아도 소용없어. 우선 숲을 빠져나가서 마을에 도착하는 걸 생각하자."

"그러게……. 응, 맞아……."

아니, 하지만? 여러 번 말하지만 미래는 얼마든지 바뀔 수 있거든?

"코마리 님? 뭘 줍고 계신 거예요?"

"쇠뜨기야. 오늘 저녁 반찬으로 쓸 수 있을까 해서……."

쇠뜨기를 품에 가득 안고서 나는 눈물을 꾹 참는다.

으으, 왜 일이 이렇게 된 거지.

오늘 밤은 사쿠나와 함께 집에 틀어박혀 과자 파티를 하려고 했는데.

"생으로 먹으면 배탈 나요. 에스텔은 화염 마법을 쓸 수 있나요?"

"그거 말인데요……. 아무래도 마법의 상태가 이상해요."

에스텔이 불안한 듯 중얼거렸다.

그녀 주변에는 살벌한 사슬, 체인 메탈이 떠 있다.

그러나 파들파들 떨리는 게 당장에라도 땅에 떨어질 것 같았다.

"어째서인지 잘 다룰 수가 없어요. 이건……."

"마핵에서 마력이 공급되지 않아서 그런 거겠지? 내 쌍검에도 마력이 잘 안 실려."

"아니요. 애초에 마력은 자연계에 넘쳐나는 거예요. 그래서 저희는 마핵의 효과 범위 밖에서도 어느 정도는 마법을 쓸 수 있죠. 하지만 여기서는 마력 그 자체를 느낄 수가 없어요……."

네리아가 떨떠름한 표정을 짓는다.

"……마력은 기본적으로 인간 외부에서 오는 힘이야. 지금은 아직 그쪽 세계에서 공급된 남은 힘이 체내에 있지만, 이걸 다 쓰면 우리는 마법을 못 쓸지도 몰라."

그건 꽤 위험한 거 아닌가?

쇠뜨기를 못 먹는 정도의 문제가 아니다. 적에게 습격이라도 당하면 공벌레처럼 그늘에 숨는 수밖에 없다.

"괜찮아요, 코마리 님."

빌이 갑자기 뺨을 부비적거렸다. 뭐야, 넌.

"반드시 지켜드릴게요. 저는 마법이 아니라 독을 주체로 한 전법이 특기니까요."

"고마워. 하지만 떨어져 줘, 갑갑해."

"죄송해요. 이렇게 하지 않으면 코마리 님이 사라져 버릴 것 같아서……."

"……?"

조금 전 본 미래의 영상이 무서웠던 건가?

아니면 이상한 곳에 날려와서 불안한 건가?

뭐, 빌도 아직 16살이니까. 절망하는 것도 무리는 아니지.

나는 "괜찮아" 하고 그녀의 머리를 쓰다듬었다.

"나는 안 죽어. 빌은 안심하고 날 따라오면 돼."

"코마리 님……!"

빌이 어째서인지 눈가를 쓱쓱 닦았다.

"아아, 이게 무슨 일이죠. 코마리 님도 성장하셨군요……. 바로 얼마 전까지는 제 엄지를 물어야만 잘 수 있는 아이였는데."

"그런 기억 없어."

"평생 곁에 있기로 결심했어요. 앞으로는 자석처럼 코마리 님 등에 찰싹 붙어서 생활하고 싶어요."

"조금만 걱정하면 바로 이런다니까! 이봐, 떨어져. 들러붙지 마!"

기껏 주운 쇠뜨기가 땅에 떨어지고 말았다.

갑자기 바람이 불어와 나무들이 술렁인다. 우리 눈앞에 낯선 나비가 날아갔다.

"잠깐."

선두로 걷던 네리아가 걸음을 멈췄다.

떡을 빚듯이 위팔을 주무르는 빌에게 저항하면서 나도 멈춰 선다.

"······왜 그래? 역시 반대쪽으로 갈까?"

"아니야. 무슨 소리 안 들려?"

짤랑짤랑짤랑!! ――금속음이 울려 퍼졌다.

에스텔이 "와아악" 하고 비명을 지르며 몸을 웅크린다. 체인 메탈을 조종하는 마력이 소진된 모양이다. 이로써 그녀는 종횡무진 무기를 휘두를 수 없게 됐다――.

소리.

귀를 기울이니 분명 들려온다.

바람이 가지를 흔드는 소리. 뭔가가 부서지는 듯한 소리.

그리고, 누군가의 비명.

"윽――, 누군가가 습격당하고 있어!"

네리아가 칼자루에 손을 얹더니 달리기 시작했다.

"가죠, 코마리 님." 메이드가 날 잡아끈다.

에스텔도 부모를 따르는 오리처럼 따라왔다.

나무들을 가르면서 신중히 전진한다. 살벌한 소리가 똑똑히 들려온다. 전장처럼 살벌한 공기――. 어디서 누군가가 전투를 벌이고 있는 것이다.

네리아가 "멈춰" 하고 팔을 벌렸다.

우리 넷은 덤불에 숨어 앞쪽의 상황을 살폈다.

"뭐야······."

나무에 기대듯이 마차가 전복해 있었다.

그 바로 옆에 어디 근방 마을에 있을 법한 평범한 소녀가 앉아 있다. 몸을 들썩일 때마다 괴로워하는 한숨이 새어 나온다. 자세히 보니 어깻죽지 부근에 희미하게 피가 배어 있었다.

그리고 그녀를 둘러싼 것은 갑옷으로 몸을 감싼 남자들.

꼭 고전 소설에 등장하는 기사처럼 시대착오적인 모습이다. 그러나 그들은 픽션이 아니다. 바늘 같은 살의를 담아 눈앞에 있는 소녀를 노려보고 있었다.

"저 갑옷에 있는 문장……, 알카 왕국 것이야."

네리아가 눈이 동그래져서 숨을 집어삼켰다.

알카 왕국? 그건 네리아가 공주님으로 있던 나라 맞지?

역시 타임 슬립한 건가? ——그런 의심이 싹튼 순간.

"할 수 있으면 해봐! 알카의 야만족들아."

상처투성이 소녀가 씩씩하게 소리쳤다.

나이는 아마 나보다 어리다. 하늘 같은 색을 띤 푸른 머리카락을 가지고 있다.

"나를 죽이면 제국이 가만있지 않을걸! 너희 가족도 싸움에 휘말리게 될 거라고?!"

갑옷을 입은 남자들은 무덤덤하게 슬금슬금 거리를 좁혀 온다.

"아…… 알겠어! 돈을 원하는 거지?! 얼마든지 줄게, 그러니까 오늘은 포기하고 가봐! 그러면 서로 평화롭게."

한 사람이 나이프를 투척했다.

반짝이는 칼날이 소녀의 뺨을 매끄럽게 도려냈다.

나는 무심코 소리를 높일 뻔했다. 치명상은 아니다. ——그러나 상처에서 피가 주룩 흘러내렸다. 교섭의 여지가 없다는 것을 깨달은 것인지 소녀의 얼굴이 금세 파랗게 질려 간다.

"그, 그만해⋯⋯! 이래 봤자 아무 의미 없어. 응? 가까이 오지 마!"

갑옷을 입은 남자들은 말 한마디 없었다.

그러나 그들이 눈앞에 있는 사냥감을 유린하려고 하고 있다는 건 알 수 있었다.

⋯⋯뭐지, 이건. 저세상에 오자마자 이런 수라장을 맞닥뜨릴 줄은 상상도 못 했다.

나는 매달리는 듯한 심정으로 동료들을 돌아봤다.

네리아는 눈을 내리뜨고 무언가를 생각 중이었다. 빌은 어째서인지 하늘색 소녀를 바라보며 멍해 있다. 에스텔은 울상으로 "각하아⋯⋯!" 하면서 매달려 온다.

"어쩌죠, 각하⋯⋯! 저건 어디 군사일까요? 멋대로 개입하면 전쟁이 벌어지진 않을까요? 무단으로 전투를 벌이면 제국 군법에 위반될 텐데⋯⋯."

"전쟁이고 군법이고 알 게 뭐야!"

나는 용기를 쥐어 짜내 일생일대의 결심을 했다.

사정은 모르겠다. 하지만 야만적인 폭력을 그냥 둘 수는 없었다.

"이봐, 너희! 작은 아이에게 달려들어서 무슨 짓을──."

일어나려고 한 순간이었다.

발이 걸렸다. 나무뿌리에.

"우와아아?!"

내 몸은 웃기게 앞으로 고꾸라졌다.

동료들이 "각하?!" "코마리?!" "코마리 님!!" 하고 놀라는 목소리를 낸다.

이봐. 잠시만.

너무 꼴사납잖아──. 절망의 소용돌이에 말려든 직후.

콰앙─!!

우스꽝스러운 효과음이 울려 퍼졌다.

나는 전원이 지켜보는 가운데, 지면과 처절한 포옹을 나누었다.

".........."

고통과 창피함 탓에 고개를 못 들겠다.

뭐야, 이게. 그렇게 폼 잡으면서 뛰쳐나왔는데. 흑역사가 되어 버렸잖아.

이대로 잠들면 꿈이 되지 않을까?

"누구냐, 네놈들은!"

자면 죽는다는 것이 판명되었다.

그때까지 말이 없던 갑옷들이 검을 뽑더니 이쪽을 노려보았다. 아니, 심지어 '적은 발견하는 즉시 벤다'라는 느낌으로 즉시 덤벼들기 시작했다.

동시에 네리아나 빌의 경직도 풀린 모양이다.

적에게 공격받기 전에 두 사람은 몸을 낮춰 질주하기 시작했다.

"【진류의 검화】."

네리아의 눈이 붉은 안광을 뿜어냈고, 나에게 돌진한 갑옷에게 분홍빛 섬광이 날아들었다.

그것만으로도 적은 나직한 비명을 지르며 날아갔다.

그러나 아쉽게도 다수에 소수. 상대는 10명 이상 되기에 끝은 멀었다.

나도 가세하는 게 좋겠지. 그렇게 생각하고 근처에 떨어져 있던 나무 막대기(무기)를 주워든다. 그러나 쿠나이를 휘두르던 빌이 "걱정하실 것 없어요"라고 소리쳤다.

"저희에게 맡기세요. 코마리 님은 묵묵히 지켜보기만 하시면 돼요."

"빌헤이즈 말이 맞아! 에스텔을 데리고 안전한 곳으로 피난해!"

네리아의 고함에 정신이 번쩍 들었다.

에스텔은 "체인 메탈이…… 체인 메탈이……" 하고 잠꼬대처럼 중얼거리고 있었다.

마력이 없어서 평소처럼 싸울 수 없는 것이다.

"에스텔! 일단 후퇴하자!"

"그, 그럴 수 없어요! 제7부대에는 '후퇴하면 사형'이라는 규칙이 있거든요!"

"없거든, 그런 거?!"

"아뇨, 있어요! 헬더스 중위에게 배웠어요!"

"그 녀석은 신입에게 뭘 가르치는 거야!!"

나중에 설교해 두자. 그보다 그런 규칙은 내가 파괴해 주지.

나는 에스텔의 손을 잡아끌며 바위 뒤에 숨었다.

앞에서는 처절한 전투가 펼쳐지고 있다. 네리아가 쌍검을 휘두를 때마다 단말마의 비명이 메아리쳤고, 빌이 독 연기를 뿌릴 때마다 요란한 구토음이 울려 퍼진다.

이대로 두 사람에게 맡기면 깔끔하게 끝날지도 모른다.

하지만 가만있을 수 없었다. 왜냐하면 나에게도 싸울 힘은 있기 때문이다.

"──에스텔! 피를 빨게 해줘!"

"흐에?"

나는 에스텔의 어깨에 손을 얹으며 소리쳤다.

"그렇게 연속해서 발동하긴 싫지만……, 그래도 다들 싸우는데 나만 방관할 순 없어! 그러니까 부탁할게!"

"뭐…… 뭐……, 아, 안 돼요!"

어째서인지 에스텔은 딸기처럼 얼굴이 빨개져서는 고개를 돌렸다.

……어? 뭐지, 그 반응은.

"각하는 그대로도 충분히 강하시니까요……!"

"으음……. 뭐, 그렇긴 한데, 하지만 피를 빨면 좀 더 파워 업할 수 있어!"

"안 돼요! 저는 그런 걸 해본 적도 당해본 적도 없어서……."

"끄으으……."

에잇, 답답해!

"이건 명령이다! 피를 빨게 해라, 에스텔!"

"?!?!"

움찔! 에스텔의 몸이 철사처럼 굳었다.

이런 수단은 별로 쓰고 싶지 않지만, 목숨이 제일이므로 참는 수밖에 없다.

에스텔은 기어들어 가는 목소리로 "알겠습니다……"라고 경례했다.

상관의 명령에는 절대복종. 그런 습성이 뼛속까지 새겨져 있겠지.

눈을 꾹 감는다. 나는 그 살짝 촉촉한 목덜미에 시선을 고정하고 천천히 얼굴을 들이밀었다――.

"――코마리 님. 가만히 지켜보시라고 했죠."

"와아아아?!"

나와 에스텔은 동시에 비명을 질렀다.

어느새 검은 아우라를 띤 메이드가 거기 있었다.

"빌?! 적은?! 적은 어쨌어?!"

"적이라면 진즉에 제거했어요. 보세요."

빌이 턱짓으로 가리킬 곳에는 기절한 갑옷 병사들이 수없이 쌓여 있었다.

게다가 습격당한 소녀도 무사하다. 빌의 메이드복 자락을 잡으면서 나와 에스텔을 의아하다는 눈으로 바라보고 있다.

"다, 다행이다! 다들 다친 곳은 없어?!"

"마음에 큰 상처를 입었어요. 제가 필사적으로 싸우는 사이 코마리 님은 바람을 피우셨군요. 용서 못 해요. 제 피도 말라비틀어질 때까지 빨아 주세요, 지금 당장."

"그럴 때가 아니야, 빌헤이즈. 저 아이, 다쳤잖아."

네리아가 쌍검을 검집에 넣으면서 다가왔다.

메이드의 뒤에 숨어 몸을 움츠리고 있는 소녀에게 시선이 집중된다.

빌이 "저기" 하고 곤란하다는 듯 말을 건다.

"이제 괜찮아요. 적은 퇴치했거든요. ……아니면 저한테 무슨 볼일이라도?"

하늘색 소녀는 계속 빌에게 들러붙어 있었다.

뭐, 정체 모를 갑옷들에게 살해당할 뻔했으니 무리도 아니지.

"미, 미안해."

그녀가 황급히 빌에게서 떨어졌다. 그러나 시선은 쭉 변태 메이드에게 쏟아지고 있다.

꼭 백마 탄 왕자님이라도 만난 듯한 얼굴……, 응? 뭐지, 저 표정?

"으음. 도와줘서 고마워……, 내 이름은 '코레트 뤼미에르'. 당신 이름을 말해 줄래……?"

코레트 뤼미에르는 떨리는 목소리로 자기소개를 했다.

그 시선은 쭉 빌에게 향해 있다. 게다가 빌의 손을 감싸듯이 쥐고 있는 게 아닌가. 변태성이 옮으니까 너무 손대지 않는 게 좋을걸. 그런 충고는 어째서인지 목에 걸려서 나오지 않았다.

빌이 웬일로 압도당하면서 입을 열었다.

"저는 빌헤이즈라고 합니다. 저기 계신 테라코마리 건데스블러드 님의 충실한 심복이죠."

"빌헤이즈……, 근사한…… 이름이네……."

코레트의 눈이 반짝 빛났다.

뺨을 붉게 물들인 채 멍하니 빌의 얼굴을 바라보고 있다.

……뭐지? 불길한 예감이 드는 건 기분 탓일까?

생명의 위기 같은 건 아니다. 인간 관계적인 면에서 성가신 일이 벌어질 듯한 예감이 든다.

어쨌든—— 저세상에 온 지 약 2시간.

우리는 바로 첫 마을 사람을 만났다.

☆

마차에 실려 있던 약과 붕대로 코레트의 상처를 치료했다.

역시 저세상에는 마핵이 없었다. 치료도구를 가지고 다니는 시점에서 '상처가 순식간에 회복된다'라는 사태를 가정하지 않고 있다는 것을 알 수 있다.

"——그럼 뭐부터 들을까."

여전히 숲속. 갑옷 병사들은 로프에 칭칭 감긴 채로 나무에 묶여 있다.

우리는 조금 트인 곳에 모여 앉아 있었다.

"코레트…… 라고 했지? 당신은 누구야?"

"나는 그냥 지나가던 사람이야."

네리아의 질문에 퉁명스러운 답이 돌아온다.

나는 소녀—— 코레트 뤼미에르를 관찰했다.

앳된 얼굴은 언짢은 듯 일그러져 있다. 키는 나와 빌 중간 정도쯤 되지만, 나이는 나보다 아래인 듯하다. 그 악마 같은 여동생 로로코와 분위기가 비슷하다.

그녀는 빌 옆에 딱 달라붙어 어째서인지 빌의 얼굴을 가만~
히 바라보고 있었다.

"저기, 코레트 님. 그렇게 바라봐도 곤란한데요……."

"미, 미안해."

코레트는 황급히 시선을 돌렸다.

뭐지? 빌 얼굴에 뭐가 묻어 있었나?

신경 쓰여서 메이드를 응시하는데 녀석이 뺨을 붉히며 "코마
리 님, 그렇게 바라보시면 좋아하게 되잖아요"라고 지껄이기 시
작했다. 나는 무시하고 네리아에게 시선을 돌렸다.

"──즉 코레트는 저세상의 주민이라는 거네. 저 갑옷 병사에
관해 아는 건 있어? 왜 알카의 문장이 붙어 있는 거야? 그리고
왜 당신은 습격당한 거야?"

"이 녀석들은 야만인이야. 혼자서 여행하는 여자를 발견해서
덮치고 싶어진 게 아닐까?"

"여행……? 당신 '지나가던 사람' 아니었어?"

"……불만 있어? 그게 그거잖아."

"불만은 없지만, 왠지 수상한 느낌이 드는걸."

네리아는 전복된 마차를 힐끗 살폈다.

저것들은 갑옷 병사들의 소지품이겠지. 덮개에 '알카의 문장'
이 붙어 있기 때문이다.

그러나 쓰러져 있는 이유를 모르겠다. 설마 코레트가 한 짓은
아닐 테고──.

"내가 거짓말을 하고 있다는 거야? 말해 두겠는데, 그쪽이야

말로 수상해. 나를 방심시켜서 덮치려는 거 아니야?"

"코레트 님. 그럴 생각이라면 돕지도 않아요."

"윽······."

코레트가 주춤한다. 게다가 머뭇머뭇하더니 "미안해" 하고 고개를 숙였다.

응? 왠지 분위기가 변했는데? 기분 탓인가?

"뭐, 됐어——. 의심을 풀기 위해 말하겠는데 우리는 다른 세계에서 온 이방인이야. 당신에게 물어보고 싶은 게 많아."

"뭐야, 당신. 엉터리 같은 소리만 하고 있어."

"엉터리 같은 소리가 아니에요. 갑자기 이 숲에 강제 전이돼서 곤란한 상황이고요."

"그, 그래? 그게 사실이라면 곤란하겠네······."

역시 기분 탓이 아닌 것 같다. 이 아이는 빌에게만 매우 솔직한 느낌이 든다.

네리아도 상황을 알아차린 듯하다. 그녀는 빌에게 중얼중얼 무언가를 귀띔했다.

메이드는 아주 잠깐 신기하다는 표정을 지었다.

그러나 금방 "알겠습니다" 하고 고개를 끄덕이더니 코레트를 돌아봤다.

"코레트 님, 지장이 가지 않는다면 몇 가지 질문을 드려도 될까요?"

"음······."

코레트는 살짝 주저하더니 입을 열었다.

"……알았어. 도와준 은혜도 있으니까 답할 수 있는 범위 내에서 답해 줄게."

☆

"가장 먼저 묻겠는데 여기는 '저세상'이 맞나요?"

한동안 서쪽으로 걸으면 마을이 나온다고 한다.

그런 이유로 우리는 코레트를 앞장세워 숲속을 걷고 있었다.

전복된 마차는 쓸 수 없었다. 말이 어디로 가 버렸기 때문이다.

코레트는 강아지풀 같은 식물을 휘두르면서 "저세상? 그게 뭐야" 하고 고개를 갸웃한다. 하는 짓이 나보다 더 유치했다. 그것도 그럴 테지. 그녀는 14살이라고 한다.

"여긴 라오트주(州)의 북쪽이야."

"라오트주……? 실례지만 그게 어떤 나라인가요?"

"당연히 알카 왕국이지."

맨 뒤에서 주변을 경계하던 네리아가 놀라서 이쪽을 본다.

"……잠시만, 코레트. 여기가 알카야?"

"뭐? 당신 전류 맞지? 왜 자기 종족의 총본산을 모르는 거야?"

"나는 알카 '공화국'의 대통령이야. 알카 왕국은 멸망했을 텐데."

"헛소리는 그만해. 알카 왕국은 멀쩡하잖아. 아까 그 갑옷 병사들도 알카의 수하야. 그 녀석들 때문에 뮬나이트는 심한 짓을 당하고 있으니까."

"뮬나이트……?" 빌이 눈을 깜빡인다. "뮬나이트 제국도 존재

하나요?"

"당연하지! 내 고향이야……. 으음, 괜찮으면 나중에 빌을 데려가 줄게."

네리아가 곤란하다는 듯 팔짱을 끼고 말한다.

"알카에 뮬나이트……, 또 어떤 나라가 있어? 라페리코 왕국이나 요선향?"

"당신들 정말 아무것도 모르는구나. 어쩔 수 없지, 가르쳐줄게——."

코레트에게 알아낸 것을 요약하면 다음과 같다.

이 세계에는 '알카 왕국', '뮬나이트 제국', '요선향' 같은 나라들이 존재한다. 그러나 그 이외에도 '나지드 제국'이니 '투모루 공화국'이니 잘 모르는 나라들이 공존하는 듯하다. 전부 합치면 국가의 총수는 40개 이상이라고 한다.

"저……, 역시 마법은 못 쓰나요? 마력이 아무 데도 없는 거죠?"

에스텔이 초췌한 모습으로 입을 연다.

코레트는 "바보 아니야?" 하고 어이없어했다.

"마법 같은 게 어디 있어. 동화도 아니고."

다들 일제히 입을 다물었다.

역시 저세상에는 마력이나 마법 같은 개념이 존재하지 않는 것이다.

문득 네리아가 한숨을 내쉬며 말했다.

"……하는 수 없지. 마력이 아깝지만, 믿게 하려면 필요하려나."

"무슨 소리야?"

"마법을 보여줄게. ──초급 마법【소선풍(小旋風)】."

분홍빛 마력이 네리아의 손끝에 모여든다.

곧 그녀의 손바닥 위에 바람의 소용돌이가 빙글빙글 회전하며 발생했다.

그건 정말 사소한 마법이다. 그러나 코레트에게는 폭탄이 터진 급의 충격이었는지 물고기처럼 입을 연 채 굳어 버렸다.

"나는 전류라서 마법은 잘 못 쓰지만……. 그래도 이거면 알겠지?"

네리아가 주먹을 꽉 쥔다.

작은 회오리는 촛불의 불이 꺼지듯이 사라져 버렸다.

"이세계에는 마법이 있어. 그리고 마법을 쓸 수 있는 우리는 진짜 이세계인이야."

"괴…… 굉장해?! 그게 뭐야?!"

코레트는 흥분해서 네리아에게 다가갔다.

"눈속임 아니지?! 한 번 더 해봐!"

"안 돼. 저세상에는 마력이 없어서 함부로 쓰면 여차할 때 난감해지거든."

"에이~. 좀 더 보고 싶은데!"

"안 된다면 안 돼."

떼쓰는 아이처럼 네리아에게 매달리는 코레트다. 매달림을 당하는 쪽도 아주 싫지만은 않은 표정이다. 마법 하나에 이렇게 기뻐하니 기분이 좋은 것이리라.

코레트는 "그래" 하고 납득한 듯 고개를 끄덕였다.

"당신── 네리아가 이세계에서 왔다는 건 알겠어. 나라를 아무것도 모르는 것도 무리는 아니지."

"그래, 그러니까 코레트가 많이 알려줬으면 해."

"응! 알려줄 테니까 좀 더 마법을 보여줘!"

네리아가 쓰게 웃었다.

나도 마법을 쓸 수 있다면 코레트와 친해질 수 있었을까?

엄지가 분리되는 마술을 '이거 마법이야'라고 말하며 보여준다면 기뻐하려나? 아니, 오히려 화내려나.

"마법이라. 네리아는 굉장하네. 그거 '능력'은 아니지?"

"능력? 그게 뭐야."

"어라, 몰라? 이 세계에는 신기한 힘을 쓸 수 있는 사람이 가끔 있거든. 그런 건 '능력자'라고 불려. 나는 실물을 거의 본 적이 없지만."

"으응? 마법하고는 달라?"

"다를 거야. 발동하면 눈이 붉게 빛난다니까."

네리아나 빌이나 에스텔 모두 눈치챈 모양이다.

그건 십중팔구 '열핵해방'이겠지.

빌이 "흐음" 하고 턱에 손을 대며 고개를 갸웃했다.

"마법이 없는 대신 열핵해방이 발달했군요. 조금 흥미롭네요."

"어라? 열핵해방은 '마핵과의 연결을 절단해 발휘하는 굉장한 힘'이었지? 마핵이 없는 곳에서는 어떻게 되지? 내 초능력도 자동으로 발동된다거나……?"

"아뇨. 아마 열핵해방은 '마핵과의 패스를 절단해 발동한다'기보다는 '발동한 결과로서 마핵과의 패스가 절단되는' 것이겠죠. 그러니까 마핵의 유무는 열핵해방에 그렇게 큰 영향을 주지 않을 것 같은데……. 하지만 그렇게 되면……, 으음……."

코레트가 "뭘 중얼중얼하는 거야?" 하고 어이없어했다.

"잘은 모르겠지만…… 마법을 좀 더 알고 싶어. 나도 쓸 수 있을까?"

"마력이 없어서 힘들겠죠. 저희조차 저세상에서는 거의 쓸 수 없으니까요──. 그보다 '능력'에 관해 듣고 싶은데요."

빌이 코레트를 가만히 바라보며 물었다.

분명 저세상이 열핵해방을 어떻게 다루는지 나도 궁금하다.

"혹시 이 세상에서는 일반적인 힘이야? 길을 가는 사람은 대부분 능력을 가졌다거나……."

"그렇지 않아. 능력은 평생 한 번 볼까 말까 할 정도로 아주 드물어. 가까운 곳으로 따지면 뮬나이트 제국의 장군은 대부분 능력자라고 들었는데……."

"뮬나이트의 장군? 나 말이야?"

"누구야, 당신은?"

"아까 자기소개했잖아! 나는 테라코마리 건데스블러드야."

"당신처럼 멍청한 꼬마가 장군일 리 없잖아?"

"머…… 멍청해……? 꼬마……?"

이 녀석…… 쉽사리 선을 넘겠다?!

설령 진실이라도 해도 되는 말과 해선 안 될 말이 있거든?!

가차 없이 간지럼형에 처해 주지──, 그렇게 생각하며 한 발짝 내디뎠지만 메이드가 막아섰다. 너는 내 편이잖아. 반역죄로 똑같은 형벌에 처해 주마.

"또…… 그렇지. 이 세계를 만든 것도 능력자라고 했어."

"스케일이 큰 얘기로군요. 자세히 들려주실 수 있을까요?"

"당연하지!"

코레트는 들떠 보였다. 빌의 질문이 기쁜 눈치다.

나는 빌이 양쪽 팔을 붙들고 있어서 그것과는 상반되는 기분이다.

"이 세계를 만든 건 600년 전에 존재한 최강의 흡혈귀—— 통칭 '현자'야. 그녀는 능력을 써서 혼돈의 세계에 질서를 가져왔어. 지금도 세계 중앙에 있는 '신을 죽이는 탑'에 살고 있다는데……. 뭐, 이건 미신이야. 사람이 600년이나 살 수 있을 리가 없으니까."

"현자? 더욱더 내 얘기 아닌가?"

코레트가 "흥" 하고 바보 취급하듯이 웃었다.

"이런 건 초등 교육 때 배우는 거잖아? 너 학교도 안 갔니?"

"가…… 갔거든! 이래 봬도 성적은 우수했다고!"

"말로는 뭐든 못 하겠어."

"윽……."

나를 대하는 코레트의 태도는 가시나무처럼 날카롭다.

사이좋게 지내면 좋을 텐데……, 그렇게 생각했는데 나 자신도 그녀가 묘하게 불편하다.

빌이 "옳지, 옳지. 코마리 님은 천재네요" 하고 위로해 주었다.

그렇게 위로해도 하나도 안 기뻐——. 그때 코레트가 "저기" 하고 다소 차가운 목소리를 냈다.

"……그 아이는 뭐야? 빌의 친구?"

"코마리 님은 제 주인이세요."

"흐～음……."

나를 가만히 바라본다. 내가 장지문이었다면 구멍이 뻥뻥 뚫릴 법한 안력이다.

코레트는 나에게 질투 비슷한 감정을 품고 있는 걸지도 모른다. 그건 이 아이가 빌에게 호의를 품고 있기 때문이겠지——. 아니, 정말 그럴까?

빌과 코레트는 방금 막 만난 참인데.

뭐, 생명의 위기에서 화려하게 구출해 줬으니 마음이 동하는 것도 무리는 아니려나.

내 여동생도 처음 보는 사람에게 3초 만에 반하는 그런 흡혈귀고.

네리아가 "그건 그렇다 치고"라며 내 고뇌를 가볍게 넘겨 버렸다.

"여긴 마핵도 마법도 없는 저세상이란 말이지. 게다가 이상한 물리 법칙이 작용하고 있고, 알카 왕국이 현존하고 있어. 어서 돌아갈 방법을 찾지 않으면 일이 커질 거야."

"그러게요. 게다가 코마리 님은 일주일 후에 돌아가시니까요."

코레트를 제외한 전원이 무거운 분위기에 휩싸였다.

저세상. 능력. 현자. 마핵. 마법. 알카 왕국. 예지된 죽음——.

그리고 코레트 뤼미에르. 정보량이 너무 많아서 머리가 풍선처럼 터질 것 같다.

하지만 꺾일 수는 없다. 어떻게든 활로를 찾아야 한다——.

"각하. 멀리서 사람 목소리가 들려요."

그때까지 묵묵히 있던 에스텔이 귀띔했다.

그러나 코레트에겐 들린 모양이다.

"알카의 병사가 경계하고 있는 거지? 여긴 녀석들의 구역이니까."

"너를 찾는 거 아니야?"

"수상한 사람은 전부 잡을 셈인 거야. 특히 흡혈귀는 경계하는 것 같아."

"왜지?"

"왜냐하면 알카는 뮬나이트와 전쟁 중이니까."

놀라는 우리를 무시하고 코레트는 가차 없이 말을 이었다.

"아니, 알카와 뮬나이트뿐만이 아니야. 전 세계에서 다양한 세력이 옥신각신하고 있어. 내가 태어나기 전부터 쭉~ 이어지고 있나 봐."

저세상에는 마핵이 없다. 마핵이 없으면 핵 영역이 없다.

핵 영역이 없으면 엔터테인먼트 전쟁이라는 개념도 존재하지 않는다.

즉—— 있는 것은 진짜 싸움뿐이다.

"사실, 나는 알카의 전류들에게 납치당했어. 틈을 봐서 도망치는 바람에 습격당한 거야."

"코레트 님은 뮬나이트 제국으로 돌아갈 예정인가요?"

"그래. 다들 어떡할 거야?"

어떡할 거냐고 물어봐도 곤란한데.

나는 무심코 네리아 쪽을 돌아봤다.

"……여기에서 뮬나이트까진 얼마나 걸려?"

"제도까지 최단 거리로 2주 정도 걸리지 않을까?"

전란의 세계를 맨몸으로 2주나……, 제정신으로 할 짓이 아니다.

그런 무모한 여행을 감행할 수 있는 건 제7부대 같은 버서커 집단뿐일 텐데.

애초에 뮬나이트 제국에 간다고 해서 원래 세계로 돌아갈 수 있는 것도 아니고——.

문득.

가까운 거리에 코레트가 있었다.

어째서인지 나를 가만히 바라보고 있다.

"……왜, 왜 그래? 내 얼굴에 뭐가 묻었어?"

"당신은 '초저녁의 영웅'을 닮은 것 같아. 가명도 같고."

"초저녁……? 또 뜻을 알 수 없는 단어가 나왔네……."

"'초저녁의 영웅' 유린 건데스블러드. 뮬나이트를 거점으로 전란을 진정시키려 하고 있는 흡혈귀야."

두근, 하고 심장이 날뛰었다.

그때까지 눈에 파묻혀 있던 기억이 고속으로 되살아난다.

뮬나이트 궁전에서의 싸움. 그리고 온천 마을 프레질에서 들은 사실.

그래, 엄마는 저세상에서 싸우고 있는 것이다.

나는 지금 저세상에 있다. 그러니까 그 사람도 같은 하늘 아래 있다——.

"어, 엄마는!"

나는 무심코 코레트의 두 어깨를 붙들었다.

"엄마는 뮬나이트에 있어?!"

"뭐? 엄마?! 물론 뮬나이트에 있겠지만……. 뭐? 엄마? 당신, 그 영웅의 자식이야……?"

"그래! 그 사람은…… 이쪽 뮬나이트에서 대체 뭘 하는 거지……?!"

네리아도 진지한 표정으로 코레트를 바라보고 있다.

하늘색 소녀는 "잘은 모르겠지만" 하고 서두를 띄우더니 말을 이었다.

"'초저녁의 영웅'은 전쟁을 막기 위해 노력 중이라고 들었어. 가끔 신문에 사진이 실려……. 전장을 전전하며 무력으로 군대를 굴복시키고 있다고."

온천 마을에서 만난 그림자, 키르티의 목소리가 재생되었다.

——지금의 저세상은 한 왕바보에 의해 전란의 양상을 보이고 있거든.

——우리는 '유세이(少星)'라고 부르고 있지.

——그리고 유세이를 저세상에 붙들어 두고 있는 건—— 너희 어머니, 유린이야.

네리아가 내 머리에 툭 손을 얹었다.

"──코마리. 당신은 흡혈 소란 당시 저세상에 왔을 때, 선생님의 인도로 원래 세계로 돌아왔다고 했지?"

"응……."

"그럼 우리도 뮬나이트로 가는 수밖에. 선생님을 만나면 뭔가 알 수 있을지도 몰라."

이렇게 해서 행동 지침이 정해졌다.

7일 후 죽을 운명을 회피하면서 뮬나이트 제국으로 향할 것. 그리고 엄마와 재회해 원래 세계로 돌아갈 방법을 찾아낼 것. 그건 나에게는 상상도 못 할 만큼 힘든 여정일지도 모른다. 그러나 기묘하게도 몹시 가슴이 뛰었다.

엄마를 만날 수 있다.

그렇게 생각하기만 해도 간헐천처럼 용기가 샘솟았다.

"뮬나이트에 도착하면 빌을 우리 집에 초대할게. 네리아와 거기 있는 에스텔도 들러도 좋아. 테라코마리는 좀 망설여지지만……."

"…………."

용기가 샘솟았을 텐데……, 뭐라고 할까.

과연 이 소녀와 잘 지낼 수 있을지 불안하다.

요선향 경사——.

아마츠 카루라는 야외에 설치된 테이블에 앉아 눈썹을 찡그린다.

'마핵 붕괴' 소식을 듣고 천조낙토에서 서둘러 온 것이다.

게다가 들은 얘기에 따르면 '저세상'으로 가는 문이 열려서 여러 명이 행방불명된 모양이다.

그중에는 카루라의 친구이기도 한 테라코마리 건데스블러드나 네리아 커닝엄의 이름도 있었다. 아니, 이른바 '육전희' 멤버들은 카루라를 제외하고 다들 말려든 모양이다.

그런 바보 같은 일이 어디 있냐고 생각하지 말라.

목격자는 여럿 있다. 그리고 실제로 '문'이 카루라 바로 옆에 열려 있다.

운석에 의해 파괴된 자금궁 중앙에 그 현상(?)은 벌어져 있었다.

공간에 뻥 뚫린 원형 구멍. 크기는 카루라를 세로로 셋 늘어둔 정도일까.

발광하는 데다 새하얗기 때문에 엿봐도 아무것도 비치지 않는다.

참고로 조금 전 카루라는 돌멩이를 던져 봤다.

그러자 돌멩이는 그대로 문에 빨려들어 사라져 버렸고, 반대쪽을 봐도 아무 데도 떨어져 있지 않았다. 아마 저세상에 전송된 것이겠지..

카루라는 크게 한숨을 내쉬었다.

원래라면 한탄할 때가 아니다. 그러나 친구들이 사라진 사실에 대한 충격이 너무 크다. 다들 무사했으면 한다――. 그런 생각만이 빙글빙글 가슴속을 맴돈다.

"괜찮아, 카루라 님. 테라코마리 선생님이라면 무사할 테니까……."

닌자 코하루가 카루라의 어깨를 치며 용기를 불어넣어 주었다.

그 배려에 감사하면서 카루라는 자신의 종자를 올려다본다.

"그렇겠죠. 코마리 씨는 어지간해서는 죽지 않을 거예요."

"참고로 테라코마리 선생님의 오늘 운세는 최악이야. 앵취궁의 신기관이 점쳐보니 '슈퍼 대흉'이 나왔대. 밖을 걷기만 해도 폭발해서 죽을 가능성이 커."

"불길한 말 하지 말아 줄래요……?"

점 따위 믿지 말자. 내 역할은 현실적인 대응책을 생각하는 것이니까――. 그렇게 마음을 다잡으면서 카루라는 주변 상황을 둘러봤다.

원탁에는 쟁쟁한 멤버들이 모여 있다.

뮬나이트 제국 황제. 백극연방 서기관. 알카 공화국 부대통령. 라페리코 왕국 왕자. 그리고 요선향의 전 천자――. 앞으로 각국 정상끼리 '육국 회의'를 열 것이다.

"──자, 그럼 앞으로의 방침을 얘기해 보지."

카루라 옆에 앉아 있던 금발의 흡혈귀가 목소리를 높였다.

뮬나이트 제국의 황제 카렌 엘베시아스다.

본래 이 상황을 주도해야 할 요선향의 전 천자는 얼빠진 모습으로 의자에 앉아 있다. 마핵의 붕괴 및 사랑하는 딸의 행방불명이 어지간히 충격이었는지 말을 걸어도 "린즈……, 린즈……"라는 말밖에 하지 않는다. 그래서 제비뽑기로 황제가 진행 담당을 맡게 된 것이다.

"마핵이 부서진 이후의 국내 사정은 우리가 참견할 부분이 아니야. 왜냐하면 이건 요선향의 문제니까. 협력은 아끼지 않겠지만, 적극적으로 개입할 생각은 없어──. 그걸로 문제는 없겠지? 전 천자 아이란 이쥬 님."

"그래……. 그건 대신들이 다른 곳에서 머리를 맞대고 회의 중인데……. 린즈! 린즈는 어디 간 거지……. 얼른 린즈를 찾아야만……!"

"그래. 그게 문제야."

황제는 차가운 눈으로 '문'을 바라보며 말을 잇는다.

"아마 저 문은 이계로 이어지는 것임이 분명해. 그리고 마핵의 붕괴와 동시에 출현한 것으로 보여──. 테라코마리 건데스블러드나 아이란 린즈는 저기 말려들어 전이된 거지. 이걸 간과할 수는 없어."

"지금 당장 저세상에 조사대를 파견하지!!"

타앙!! 하고 테이블을 치며 일어난 젊은이가 하나.

닭 머리를 한 수인이다. 분명 라페리코 왕국의 왕자였을 것이다.

"우리 나라의 소중한 장군 리오나도 말려들었어!! 이건 국가에 있어 중대한 손실!! 네놈들이 나서지 않는다면 나 혼자서라도 '문'으로 돌입해 수색하지!!"

"진정해, 왕자. 무작정 움직여도 수가 없어."

"어떻게 진정하라고! 리오나는 나와 디너를 즐길 예정이었어!! 일정을 망친 녀석은 용서할 수 없어!! 이 내가 손수 파묻어 주지!!"

"저도 동감이군요……."

그렇게 입을 연 것은 알카의 부대통령이다. 콧수염을 기른 심약해 보이는 전류다.

알카 왕국 시대에 네리아의 호위로 일했던 남자라고 들은 적이 있다.

"네리아 전하가 없다면 알카는 일어설 수 없습니다. 저희는 왕자님께 찬성합니다."

"그렇다는군!! 네놈들은 어쩔 거지?! 나는 지금 당장 저세상인지 뭔지로 갈 예정인데?! 이봐, 어때. 아까부터 문을 바라보고 있는 천조낙토!!"

갑자기 지명당해 흠칫 놀라고야 말았다.

닭이 분노한 형상으로 이쪽을 노려보고 있었다.

"네놈은 어느 쪽이냐?! 나에게 찬성이야?! 반대야?!"

"아뇨……, 저는……."

본래라면 지금 당장 코마리나 네리아가 있는 곳으로 가고 싶다.

하지만 아직 정보가 너무 부족하다. 안이하게 움직이면 괜히 당할 수도 있다.

"……저는, 상황을 조금 더 정리하고 생각해야 한다고 봐요. 아무 준비도 없이 문에 돌진하면 무사히 끝나지 않을 수도 있어요."

"윽…………!!"

닭의 얼굴이 잘 익은 포도처럼 검붉게 변해 갔다.

엇. 무서운데.

"——이봐, 거기 종자 닌자! 네놈은 왠지 잘 모르겠지만 테라코마리 건데스블러드의 팬이지?! 주인을 설득하지 않아도 되겠냐?!"

"종자니까 설득하지 않아. 게다가 카루라 님은 너처럼 단순한 동물은 싫어해."

"잠깐, 코하루?! 무슨 말을 하는 거예요?!"

"튀김으로 만들어서 잡아먹겠다고까지 했어."

"죄송합니다. 닭 왕자님. 오해니까 부디 용서해 주세요."

"나는 닭이 아니야———————————————!!"

닭은 "꼬끼오!!" 하고 외치면서 덤벼들었다.

카루라는 비명을 지르면서 도망쳤다. 퍼덕퍼덕 깃털을 흩뿌리면서 다가오는 분노한 닭. 너무 무서워서 실신할 뻔했지만 실신하면 죽기 때문에 필사적으로 달린다.

"그만하세요오오———————————————!!"

"열받아아아아아아———————————————!!"

거칠게 날뛰는 닭. 쫓기는 오오미카미. 당황하는 알카의 부대통령. 서기장은 어째서인지 싱글벙글 웃고 있다. 전 천자는 테이블에 엎어져 "린즈……"라고밖에 안 한다.

그리고 뮬나이트 제국의 황제는——.

"조용히 해라, 왕자. 카루라를 쫓아가도 사태는 해결되지 않으니까."

"으……."

천둥 같은 목소리로 일갈했다.

압도당한 닭이 움직임을 멈춘다.

"……그래!! 나도 냉정하지 못했군……!!"

닭은 온몸에 식은땀을 흘리며 자기 자리로 되돌아갔다.

카루라는 신기한 기분으로 황제를 돌아봤다. 그녀는 여느 때보다 험악한 표정을 짓고 있다. 어쩌면 코마리가 사라져서 가장 마음을 졸이는 건 저 사람일지도 모르겠다.

서기장이 턱을 괴며 물었다.

"——그런데 황제 폐하. 대체 어떡할 셈이지?"

"지식인이 오고 있어. 그녀에게 의견을 들어보지."

"지식인……?"

갑자기 바람이 불었다.

황제는 시선을 뒤로 돌렸다. 대체 무슨 일이 벌어지고 있는 것인지——. 가만히 지켜보는데 신기한 일이 벌어졌다. 구름이 이동함으로써 이뤄진 그림자. 그게 갑자기 뭉게뭉게 뭉치더니 삼차원적으로 부풀기 시작한 것이다.

곧 그림자는 사람 같은 형태를 띠더니 직립했다.

카루라는 숨을 집어삼켰다. 프레질의 홍설암에서 느낀 기척과 비슷했다.

"——시끄럽군. 이 상황에서도 아이처럼 수선인가."

그림자에서 여자 목소리가 들렸다.

꼭 이계에서 들리는 것처럼 불분명한 울림이다.

놀라는 표정을 짓는 일동의 모습에도 아랑곳하지 않고 황제는 소개를 시작했다.

"그녀는 키르티 블랑. 얼마 전 갑자기 짐 앞에 나타나서 '회의에서 사정을 설명하고' 싶다더군. 이 상황에 관해 이것저것 알려 주겠다는 모양이야."

"누구지? 마법 현상 같지도 않은데……."

알카의 부대통령이 경계하면서 묻는다.

"저세상의 주민이라더군. 짐도 이제 막 만난 참이지만 신원은 보증할 수 있어. 왜냐하면 저세상 주민만이 알 수 있는 정보를 가지고 있었으니까——. 참고로 우리 코마리는 프레질 온천 마을에서 그녀와 만난 적이 있어. 카루라도 그 당사자 아닌가?"

"네. 저는 직접 본 적은 없지만, 나중에 코마리 씨에게 무슨 일이 있었는지 설명을 들었어요. 하지만 분명 그림자는 프레질에만 출몰할 수 있는 거 아니었나요?"

"'문'이 열렸으니까."

그림자——, 키르티는 단언한다.

"요선향 경사는 마핵이 붕괴하며 저세상과 이어졌어. 그래서

Illustrations copyright © riichu

나 같은 인간이 드나들기 쉬워졌지."

"인간이라고? 실례지만, 평범한 인간 같지 않은데요……."

"나는 문을 이용해서 이쪽에 온 게 아니야. 어디까지나 '그림자'를 보냈을 뿐이지. 본체는 저세상에 있어."

코마리에게 들었다. 키르티 블랑은 '포영종(抱影種)'이라는 미지의 종족이라나 보다.

그 특징은 자신의 분신——, 즉 '그림자'를 다른 세계에 띄우는 것.

문득 카루라의 머리에 의문이 떠올랐다.

"……문이 열렸다면 본인이 이쪽으로 오면 되지 않나요?"

"저 문을 지나는 건 자살행위나 다름없어."

키르티는 자금궁 철거지에 뚫린 문을 돌아본다.

흰빛을 뿜어내는 수수께끼의 현상. 카루라는 그 위용에 어딘지 모르게 불길한 기색을 느꼈다.

"본래라면 저건 저세상의 특정 좌표와 이어져 있을 거야. 하지만 저 문을 지난 테라코마리 건데스블러드, 네리아 커닝엄, 리오나 플랫, 프로헤리야 즈타즈타스키는 전혀 다른 곳으로 전이된 것 같아. 적어도 본래 나타나야 할 곳에 나타나지 않았어. 쉽게 말하자면 행방불명. 그리고 생사불명이기도 하지."

"뭐……."

오싹, 소름이 돋았다.

그림자는 매정하게 말을 이었다.

"저 문은 망가져 있어. 원인도 판명됐고. 테라코마리 건데스블러드가 경사에 떨어뜨린 운석이야. 예로부터 별의 순환은 삼라만상에 영향을 준다고 하지. 운석 충돌에 의해 문도 왜곡되어 버린 거야. 그러니까 저길 지나도 무사할 거란 보증은 없어."

소중한 친구들이 괴로움에 몸부림치는 불길한 광경을 상상하고 말았다.

특히 코마리는 위험하다. 그 아이는 잘 지켜보지 않으면 사라져 버릴 것 같다.

선대 오오미카미가 꿈에 나와 속삭이기 때문이다── '코마리 씨를 잘 받쳐 주세요'라고.

"──무슨 말이 하고 싶은 건데?! 수색대를 파견하는 건 불가능하다는 거냐?!"

"그래, 맞아. 저 문을 지나면 죽을 가능성도 부정할 수 없어. 괜히 수색대를 잃기는 싫겠지?"

"윽……!! 리오나……!!"

닭이 주먹을 움켜쥐며 고개를 떨어뜨린다.

알카의 부대통령이 퍼뜩 카루라를 돌아본다.

"아마츠 님. 당신은 사물의 시간을 되감는 능력이 있다는 것 같던데요."

"네……?"

"네리아 전하께 들었습니다. 당신이라면 저 문을 고칠 수 있지 않을까요?"

"그래?! 잘 모르겠지만, 꼭 해봐줘, 천조낙토!!"

부대통령과 닭이 기대에 찬 눈으로 바라본다.

게다가 서기장도 시험하는 듯한 눈으로 바라봤다.

주인에게서 약간의 두려움을 감지한 코하루가 품에 손을 집어넣으면서 노려본다.

카루라는 무심코 눈을 내리떴다. 부대통령과 닮은 괜찮다——. 그러나 저 창옥은, 뭔가 깊은 부분에서 이쪽의 신병(身柄)을 노리는 느낌이 든다.

"카루라, 문을 고칠 수 있겠나?"

"어……. 아."

황제의 말에 마음을 다잡는다.

분명【역류의 찰나】라면 고칠 수 있을지 모른다——. 그렇게 생각했지만, '문'을 관찰하는 사이 정체 모를 무력감에 사로잡히고야 말았다.

【역류의 찰나】는 물체의 시간을 되감는 이능.

그러나 그것은 물체라기보다도 현상에 가까웠다.

추가로 말하자면—— 누군가의 강렬한 의지력에 의해 형성된 기척이 난다.

너무나도 선명하고 아름다운 소원의 덩어리다. 보기만 해도 가슴이 아파 올 정도로 말이다.

'문'은 열핵해방에 의해 생성된 걸까……?

어느 쪽이든 지금의【역류의 찰나】로는 감당할 수 없을 것 같다.

"……죄송합니다. 저로서는 어쩔 도리가 없을 것 같네요."

그 자리에 암담한 분위기가 풍긴다.

코마리 일행은 생사불명. 도우러 갈 방법도 모르겠다.

전 천자가 "아아······" 하고 기도하듯이 쓰러졌다. 뮬나이트 황제조차 미간을 찡그리며 생각에 잠긴다. 닭은 "못 참겠어!! 나는 가겠어!!"라며 문을 공격하려다가 경비인 병사에게 저지당했다. 그림자가 한숨과 함께 입을 연다.

"행방불명자는 이쪽에서 수색하고 있어. 직접 수색대를 보내고 싶은 마음은 이해하겠지만, 저 문이 어떤 계기로 고쳐지거나 자연 현상적으로 다른 문이 발생하지 않는 한 이쪽 사람이 저세상으로 넘어올 수는 없어."

"그럴 것까지 있을까?"

겨울 하늘처럼 영리하고 냉철한 목소리가 울렸다.

백극연방 서기장이 상냥한 미소를 띠고 있었다.

"마핵이 붕괴하면 문이 열린다. 그렇다면 같은 수순을 밟으면 되지 않나."

"무슨 소리를······?"

"망가지지 않은 마핵은 아직 5개나 있어."

서기장은 "피토리나" 하고 뒤를 향해 말했다.

이윽고 불만스러운 듯한 얼굴을 한 창옥 소녀가 모습을 드러냈다.

"자, 탁자 위에."

"하지만 서기장님······."

"상관없어. 말을 꺼낸 사람이 처음을 맡아야 하는 법이야."

창옥 소녀── 피토리나 세레피나는 망설이는 눈치였다.

그러나 서기장이 "빨리" 하고 재촉하자 체념한 듯하다. 상의 안쪽 주머니에서 작은 피아노 모양을 한 물체를 꺼내 원탁에 두었다.

검게 빛나는 고급스러운 물품. 자세히 보니 뒤에 태엽이 붙어 있다. 오르골 같은 걸까? ──그런 아무렇지도 않은 카루라의 감상은 산산조각 나고야 말았다.

서기장은 아무렇지 않게 말했다.

"백극연방의 마핵《빙화쟁(氷花箏)》. 이걸 파괴해서 문을 열지. ──프로헤리야를 위해서라면 이 정도 손실은 아무렇지 않아."

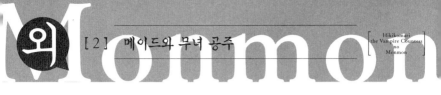
저세상에 관해 알게 된 것.

하나, 마핵도 마력도 마법도 존재하지 않는다.

둘, 알카나 뮬나이트 같은 대국 외에도 소국이 몇십 곳곳이나 분립하고 있다.

셋, 그 나라들은 여러 진영으로 나뉘어 전쟁을 반복하고 있다.

넷, 우리 엄마는 그걸 막기 위해 싸우고 있다나 보다.

다섯, 우리는 엄마를 만나기 위해 뮬나이트 제국으로 가야만 한다.

여섯, 나는 6일 후면 죽는다(※중요).

"──빌! 이 새우튀김 맛있어! 먹어 봐."

"감사합니다. 하지만 제 몫은 있으니까 괜찮아요."

"내 몫이 조금 더 크니까 교환해 줄게. 자, 받아."

"저……, 코레트 님."

"왜? 싫었어……?"

"아뇨, 싫진 않은데요. 잘 먹겠습니다."

빌은 포크로 코레트가 내민 새우튀김을 덥석 깨물었다.

그러자 코레트의 표정이 태양처럼 활짝 피었다. 게다가 "나한 테도 먹여줘!" 하고 뻔뻔스레 입을 벌리며 대기하기 시작하는 것 아닌가. 이에 빌은 아주 싫지만은 않은 듯 자기 새우튀김을 그 녀석 입 속으로 옮겨주려 했고——.

거기서 내 이성이 '이제 됐어' 하고 체념하고 말았다.

"——너희 아까부터 뭐 하는 거야?!?!?!"

덜컹, 의자를 뒤집어엎고 일어난다.

다른 손님이 무슨 일인가 하고 바라봤다.

"서로 먹여줄 필요가 어디 있다고! 애도 아닌데."

"뭐가 어때서. 이 정도는 평범하잖아."

"안 평범해! 나와 빌은 그런 짓 안 해!"

"누구 덕분에 밥을 먹을 수 있는데~? 불만 있으면 가지 그래~?"

"윽……."

나는 스푼을 들고 테이블 위를 바라보았다.

먹음직스러운 오므라이스가 김을 내고 있다.

저세상에 온 지 하룻밤——, 우리는 코레트에게 신세만 지고 있었다.

어제 간신히 숲을 빠져나온 우리는 마을에 도착했다. 그러나 저세상의 화폐를 가진 것은 코레트뿐이라서 식사비나 숙박비는 모두 내신 내줘야 했다.

내가 침대에서 푹 자고 오므라이스를 먹을 수 있는 건 바로 코레트 뤼미에르가 있었기 때문이다.

그러나…… 그러나.

코레트의 행위는 눈에 거슬린다. 구체적으로 말하자면 내 전속 메이드에게 너무 달라붙어 있다. 만지고 싶으면 나에게 허가를 받는 게 순리일 텐데.

"코마리 님, 혹시 질투하고 계신 건가요?"

"뭐……, 할 거 같아! 나는 지금 오므라이스를 먹느라 바빠."

"제가 먹여드릴게요. 자, 아——."

덥석. 우물우물.

빌이 내민 오므라이스를 받아먹었다.

평소에는 이런 짓 절대 안 하는데……, 창피하니까…….

문득 코레트가 엄청난 눈빛으로 나를 노려보고 있다는 걸 알아차렸다.

역시 이 녀석은 빌을 노리고 있는 것이다.

나에게서 빼내려고 하는 걸지도 모른다.

"……코레트, 나는 너하고도 친하게 지내고 싶어."

"싫어! 당신 같은 꼬마는."

"꼬……."

이 녀석이 방금 뭐라고 한 거지?

천지가 붕괴해도 이상하지 않을 얼티밋급 금구를 가볍게 내뱉지 않았나?

아니, 기분 탓이겠지. 아무리 무례하기 짝이 없는 코레트라도 그런 살인 사건으로 발전할지 모르는 욕을 정면에서 내뱉을 리——.

"못 들었어? 꼬마라고 했어. 당신은 내가 베풀어 준 오므라이스를 맛있게 먹으면 그만이야. 꼬마처럼."

"아……. 아아아아……. 아아아아아아아아아아아아아아아아아아아아아아아!!"

"진정하세요, 코마리 님. 저 때문에 싸우지 마세요."

"말리지 마, 빌. 나는 나를 위해 싸우는 거야! 분노가 천변지이를 통해 카타스트로피에 달했어! 이 녀석의 새우튀김을 전부 먹어야만 속이 풀리겠어!"

"당신, '키가 자라는 음식' 같은 걸 좋아라 먹을 것 같네."

"아아아아아아아아아아아아아아아아아아아아아아아!!"

"조용히 해, 코마리. 너무 시끄럽게 굴면 적에게 들킬지도 몰라."

네리아가 어이없다는 눈치로 내 어깨를 친다.

게다가 에스텔이 "각하는 크세요! 도량이!"라고 잘 이해가 안 가는 위로를 해 주었다. '부하에게 추태를 보이는 것은 금지다'──, 자기 자신에게 건 칠홍천으로서의 프라이드 덕에 나는 아슬아슬하게 냉정함을 되찾았다.

"……미안. 벌써 16살인데 어른스럽지 못했어."

분노를 꾹 억누르며 의자에 앉는다.

문득 코레트가 혀를 내밀며 도발하는 것이 보였다.

눈물이 날 뻔했다. 저런 녀석에게 빌을 빼앗기기 싫다. 하지만 저런 녀석이 사 준 오므라이스가 맛있다. 한심해서 온몸이 파들파들 떨린다…….

"그럼 코레트. 작전 회의를 시작하고 싶은데."

네리아가 커피를 마시면서 말했다.

"우리는 뮬나이트 제국으로 가고 싶어. 그걸 위해 필요한 건 첫 번째도 두 번째도 '돈', 맞지?"

"……그래, 역시 돈이 없으면 아무것도 시작할 수 없어. 또 관문을 통과하기 위해서는 신분증명서가 필요하다고 들었어."

"강행 돌파하면 되지 않을까요?"

"안 돼요, 빌 씨! 법률 위반이에요!"

"그래, 빌. 강행 돌파는 사형이니까 다시 생각하는 게 좋을걸. 특히 알카 방면은 예민해. 수상한 사람을 발견하면 대부분 처리한다고 들었거든……."

"우리는 넓은 의미에서 수상한 사람인데 괜찮을까?"

"정체를 들키면 죽을지도 몰라. 당신들은 정식 절차로 입국한 것 같지도 않고."

에스텔이 눈을 돌리며 접시 위의 콩을 세기 시작했다.

나도 현실 도피를 위해 케첩으로 접시에 낙서를 해볼까.

"결국 돈과 신분증명서가 필수라는 거네……. 참고로 군자금은 얼마 정도 남았어?"

"엥? 이제 없는데."

"응?"

"어제 숙박비와 오늘 점심값까지, 이미 빈털터리야."

"…………."

네리아가 어안이 벙벙해서 입을 다물었다.

그러나 코레트는 "괜찮아!" 하고 활짝 웃었다.

"돈이 없으면 벌면 되잖아? 좋은 곳을 알아."

☆

저세상의 거리 풍경은 생각처럼 기묘하지 않고 내가 아는 알카와 크게 다르지 않아 보였다.

그러나 통행인들은 전류뿐만이 아니었다.

네르잔피 같은 신비한 종족은 볼 수 없지만, 창옥, 요선, 수인, 화혼 등 다양하다. 게다가 알카와 적대하고 있을 흡혈종까지 활보 중이다.

"여기 알카 맞지? 전류 이외에도 많아 보이는데."

"알카 안의 치외 법권이야. 왕국 정부가 아니라 길드가 운영하는 중립 도시지. 그러니까 우리 같은 흡혈귀가 돌아다녀도 괜찮아."

"흐음⋯⋯?"

"도착했어."

안내받은 곳은 도시 중심부에 있는 큰 건물이었다.

간판에는 '용병 조합' 같은 의미의 말이 적혀 있다. 뭐, 저세상의 문자는 우리가 쓰는 것과 미묘하게 형식이 달라서 맞는지 틀리는지 자신은 없지만.

코레트는 살짝 주저하고 나서 문을 열었다.

곧이어 내 귓가를 친 것은 수많은 웃음소리였다.

이어서 술이며 요리 냄새가 맴돌았다.

에스텔이 "뭐죠, 여긴" 하고 눈썹을 찌푸렸다. 안을 살피니 억센 남자들이 테이블에 앉아 파티를 벌이고 있는 것이 아닌가.

나는 설명을 요구하며 코레트를 바라봤다.

그러나 어째서인지 그녀는 빌의 뒤에 숨어 있다.

"코레트 님? 왜 그러세요? 이 떠들썩한 곳은 대체⋯⋯?"

"여긴⋯⋯ 용병 길드야! 용병단 관리 같은 걸 하는 곳이지."

용병? 뭐, 확실히 그야말로 용병 같은 사람들이 모여 있는
데⋯⋯.

당황스러워하는 나를 뒤로하고 네리아가 "그런 거로구나" 하
고 손뼉을 치며 웃었다.

"용병이 되면 신분증명서를 받을 수 있지?"

"그래⋯⋯, 그거야! 요즘은 전쟁이 격해져서 전력이 부족한가
봐. 그러니까 신원이 불분명한 인간이라도 쉽게 용병으로 등록
할 수 있대. 또 일 알선도 해 준다나 봐."

"왜 코레트는 숨어 있는 거야?"

"봐봐⋯⋯, 생각보다 더 '여자는 사양'이라는 느낌인걸."

그 말을 듣고 길드 내를 둘러봤다.

살벌한 무기를 든 남자들이 소리를 높일 때마다 코레트가 움
찔움찔 어깨를 떨었다.

그러나 나는 제7부대에서 적응했기에 그다지 동요하지 않았다.

이런. 희대의 현자라면 코레트처럼 무서워해야 하는데.

"괜찮아요, 코레트 님. 무슨 일이 있으면 저를 의지하세요."

"빌⋯⋯! 고마워."

코레트가 빌의 메이드복에 부비부비 이마를 문질렀다.

뇌가 파괴될 듯했다.

이 녀석……, 나한테 과시하는 건가……?!

"진정해, 코마리. 빌헤이즈에게 최우선은 어차피 너니까."

"하지만…… 빌이 코레트에게 다정한 말을 해 줄 때마다 절규하며 스쾃을 하고 싶어져. 뭐지, 이 알 수 없는 기분은……."

"이거 중증이네……."

네리아가 한숨을 내쉬었을 때, 어디서인지 천박한 환호성이 터져 나왔다.

정신을 차리고 보니 길드 내의 시선이 우리에게 쏠려 있다.

"이봐! 이거 화려한 손님이로군."

그중에서도 한층 질이 나빠 보이는 남자가 척척 다가왔다.

모히칸 머리를 한 전류다. 게다가 곤봉이나 해머 같은 걸 장비한 건장한 남자들을 거느리고 있다. 이놈이고 저놈이고 분명 사람을 죽여본 듯한 얼굴이었다.

에스텔이 "윽……" 하고는 내 뒤로 숨어 버렸다.

그 심정은 이해한다. 나도 도망칠 수 있다면 도망치고 싶다.

하지만 빌 뒤는 코레트가 점령하고 있어서 내가 선두에 서는 수밖에 없다. 젠장할.

"사이좋게 피크닉 온 건가? 우리도 끼워줘."

낄낄거리며 큰 웃음소리가 울려 퍼진다. 곳곳에서 천박한 휘파람이 들렸다.

네리아가 기가 막힌다는 듯 한 걸음 앞으로 나섰다.

"뭐야? 우리한테 볼일이라도 있어?"

"오―. 아이고, 무서워라. 그렇게 경계할 거 없어. 여기 있는 맹수들에게 잡아먹히지 않게 우리가 에스코트해 주려고 말이야."

"맹수는 당신 아니야?"

"너무하네! 나만큼 신사 같은 남자는 없는데!"

여러 남자가 입구 문을 막는다.

길드에 있는 녀석들은 완전히 사냥감을 보는 눈으로 우리를 노려보고 있었다.

어? 뭐지, 이 상황? 갑자기 시비를 걸어오는데?

"코마리 님. '머리 스타일이 모히칸인 남자를 죽이는 독가스' 를 발사해도 될까요?"

"그만둬?! 죽으면 부활하지 않거든?!"

그러나 어느새 우리는 포위당해 있었다.

나는 착각하고 있었을지도 모른다.

이 녀석들은…… 같은 양아치라도, 제7부대와는 뭔가 다르다.

"뭘 의뢰하러 온 거야? 우리 '드래곤 헤드'가 해결해 주지. 이 래 봬도 우리는 토급(土級) 용병단이거든? 여기서 가장 강해. 자, 말해 봐. 도둑이라도 죽이면 되나? 아니면 호위? 어느 쪽이든 보수는 듬뿍 받겠지만——."

"손대지 마."

찰싹.

네리아의 몸에 닿으려 한 모히칸의 손이 튕겨 나간다.

그는 휘익, 하고 휘파람을 불더니 한 발짝 물러났다.

"재미있는 여자로군."

"불쾌해. 애초에 우리는 의뢰하러 온 게 아니야."

"응? 그럼 뭐 하러 온 건데."

"용병이 되기 위해 온 거야."

남자들의 눈이 점처럼 변했다. 질 나쁜 농담이라도 들은 듯한 표정이다.

곧 그들은 "푸하하하하하하하하!!" 하고 크게 폭소했다.

"이봐, 이봐! 웃기지 좀 마! 너희 같은 계집들이 용병?! 알겠어, 알겠어. 우리 팀으로 들어올래? 귀여워해 주지."

"정말 형편없는 것들……. 코마리, 뭐라고 말 좀 해 줘."

"뭐?"

네리아에게 끌려 모히칸 앞에 섰다.

그들은 수상하다는 눈으로 나를 바라본다.

"──뭐야, 넌? 엉덩이가 새파란 꼬마는 집에 틀어박혀서 잠이나 자. 나는 저쪽 분홍색 머리에게 볼일이 있거든."

……응? 꼬마?

방금 '꼬마'라고 했나? 네리아와 동갑인데? 어딜 보고 그렇게 판단한 거야? ──그러나 내가 화를 내기에 앞서 옆에서 '빠직' 하고 뭐가 끊어지는 소리가 났다.

어느새 빌이 냉철한 표정으로 모히칸을 올려다보고 있었다.

"……모히칸 님. 이쪽은 테라코마리 건데스블러드 칠홍천 대장군이세요."

"뭐라고? 치롱처언?"

"코마리 님은 긴장해 계신 듯하니 제가 통역해드리죠──. '시비 걸지 마라. 장난하냐?'라시는군요."

이봐. 잠깐.

"'특히 거기 있는 모히칸. 가만히 듣고 있자니 기어오르고 있어. "틀어박히긴' 무슨. '꼬마'는 무슨. 내가 마음만 먹으면 너희 따위는 새끼손가락 하나로 재로 바꿀 수 있어'."

잠시만. 그렇게 싸움의 불씨를——.

"'얼른 꺼져. 내 눈이 붉어지기 전에 떠나지 않으면 죽는다'——, 이상이 코마리 님의 말씀이었습니다."

"……………………………………."

메이드가 나를 위해 화내 주었다는 건 알겠다.

하지만 그렇게 말할 건 없잖아. 왜 얼굴은 쿨하면서 언동은 버서커인데. 역시 너도 제7부대의 일원임이 분명하구나——. 그렇게 체념 비슷한 절망을 품은 순간.

"이…… 이…… 망할 꼬마가!!"

모히칸이 발끈했다. 더불어 주변 남자들도.

무기를 뽑지 않은 건 아직 이성이 남아 있기 때문이겠지. 그러나 신음하는 오른팔에서 혼신의 오른쪽 스트레이트가 시작되었다. 에스텔이 뒤에서 "어버버버" 하고 이상한 소리를 냈다. 나는 이제 틀렸다고 생각했다. 우선 빌이 다치지 않도록 그녀 앞으로 뛰쳐나가——.

디잉.

뭔가가 바뀌는 기척이 났다.

"뭐……."

아무리 시간이 지나도 충격은 찾아오지 않았다.

머뭇머뭇 눈을 떠보니 모히칸은 주먹을 치켜든 채 사진처럼 정지해 있었다. 게다가 그 측근들도 온몸에 식은땀을 흘리며 움직임을 멈추고 있는 것 아닌가.

쿠나이를 든 빌이 이상하다는 듯 눈썹을 찡그렸다.

문득 깨닫는다.

반짝, 하고 빛나는 무언가가 보였다.

이건…… 실? 방에 예리한 실이 쳐져 있는 건가?

"──안 되죠. 약한 자를 괴롭히면 벌레가 되어 버려요."

디잉. 디잉. 디잉.

뭔가가 바뀌는 기적이 끊어졌다가 이어진다.

뒤늦게 그게 현을 튕기는 음색임을 깨달았다. 전원이 길드 안쪽으로 시선을 돌린다──. 어째서인지 그곳에는 천조낙토풍 다다미방이 마련되어 있었다.

그곳에 앉아 있는 것은 한 소녀.

양쪽 눈을 띠 같은 것으로 가리고 있다.

복장은 펑키한 기모노. 그러나 어딘지 모르게 종교적인 신비성을 갖추고 있는 듯하다. 그녀가 손을 움직일 때마다 '디잉디잉' 하는 소리가 났다. 비파 같은 것을 연주하는 것이다.

"'해주(散奏)'……. 있었나……."

모히칸이 두려움에 떨면서 중얼거렸다.

해주라고 불린 소녀는 뺨에 홍조를 띠며 웃는다.

"남의 앞길을 막는 것은 옳지 않아요. 하고 싶은 대로 하게 두면 됩니다. 언제 목숨이 사라질지 모르는 처참한 세상이니까요……."

범상치 않은 기척을 느끼고 나는 말문이 막혔다.

네리아와 빌과 에스텔과 코레트도 멍해 있다.

저 사람은. 저 사람은 뭔가 평범하지 않다──. 그런 느낌이 든 것이다.

☆

우선 용병 길드에 등록하게 되었다.

심사 같은 것은 전무. 이름과 종족을 대기만 하고 쉽게 통과됐다. 코레트 말처럼 기준이 느슨해져 있는 것이다.

용병의 일은 길드에 들어오는 의뢰를 소화하는 것.

성공하면 보수를 받을 수 있다. 게다가 용병으로서의 급도 올라가는 듯한데…… 뭐, 이 부분은 중요하지 않겠지. 우리에게 필요한 건 돈과 신분증명서니까.

"축하드립니다, 코마리 님. 오늘은 용병단 '코마리 클럽' 결성 기념일이로군요."

"뭐야, 코마리 클럽이란 게?"

"저희 팀명이에요. 길드 카드에도 똑똑히 새겨져 있어요."

"뭐야?!"

깜짝 놀라서 카드를 확인했다.

이름 옆에 〈용병단 코마리 클럽 소속〉이라고 쓰인 것을 발견한다.

……이게 뭐야?! 창피한 것도 어느 정도여야지?! 접수처로 돌

아가 정정하자. 그렇게 생각하며 돌아선 순간 빌이 팔을 덥석! 붙들었다.

"코마리 님이 리더니까 '코마리 클럽'이 최적이에요. 그렇지, 에스텔?"

"그, 그러게요! 저는 아주 멋지다고 봐요!"

"배려할 거 없어, 에스텔! 어쨌든 이런 이름은 인정 못 해!"

코레트가 "맞아!" 하고 항의의 목소리를 냈다.

"왜 테라코마리가 리더인데?! 이런 땅딸보 송사리에게는 어울리지 않아."

"나는 땅딸보가 아니야!!"

"적어도 송사리는 아니에요. 참고로 용병단 명칭을 변경할 때는 10만 네코파가 들기 때문에 추천하지 않아요. 오늘 저녁이 콩나물 하나가 되어 버릴걸요."

"뭐 그런 악덕 상법이 다 있어!"

나는 고개를 푹 떨어뜨리고야 말았다.

제길……. 아무래도 상관없는 데서 묘한 트집을 잡고 있어…….

뭐 됐나. 그냥 먼저 '코마리 클럽이다!'라고 이름을 대지만 않으면 되는 거고.

그렇게 체념하면서 길드를 나온다.

그러자 '디잉!' 하는 비파 소리가 뒤따라왔다.

"——저는 아주 멋지다고 보는데요. 용병단 '코마리 클럽'. 당신의 아름다운 마음에 딱 맞아요."

우아한 목소리.

퍼뜩 정신이 들었다. 우리를 모히칸에게서 구해준 사람이다.

걸친 옷은 캐주얼한 법의. 그 주머니에 양손을 찔러넣으면서 느긋하게 다가온다. 띠로 눈 부분을 덮고 있기 때문에 눈 색이 어떤지는 모르겠다.

"정말 깨끗한 마음이군요. 가까이에 있기만 해도 평화로운 선율이 들려오는 듯해요."

"뭐야, 당신. 이상한 패션이네."

그만해, 코레트. 실례도 정도가 있어야지.

그러나 그녀는 신경 쓰는 기색 없이 가볍게 인사했다.

"저는 트레몰로 파르코스텔라. 남들이 알기 쉽게 말하자면 '해주'라고 불리는 용병 중 하나. 혹은 떠돌이 비파 법사죠."

트레몰로는 주머니에서 손을 꺼내더니 악수를 청했다.

황급히 손을 쥔다. 가냘픈 여자의 손이었다.

"으음……. 아까는 도와줘서 고마워. 나는 테라코마리 건데스블러드야. 트레몰로 덕에 얻어맞지 않고 끝났어."

"아뇨, 테라코마리 씨라면 제 도움 없이도 궁지를 벗어났겠죠."

"그렇지 않아. 그대로 뒀더라면 내 얼굴은 슈크림이 됐을걸."

"그래, 맞아! 테라코마리는 빌의 발끝에도 못 미치는 송사리야!"

이봐, 내 겸손에 편승하지 마. 사실이니까 아무 말도 못 하겠지만.

트레몰로는 "후후후" 하고 뺨을 붉히며 웃었다.

"당신처럼 덕이 높은 사람을 만난 걸 보니 이 슬픈 세계에도 아직 희망은 있군요. 소매만 스친 것도 전생에서 맺어진 인연──.
이렇게 만난 것도 멋진 인연이에요. 분명 다시 만나겠죠."

"앗……."

갑자기 손이 풀린다. 그녀는 발길을 돌리더니 조용한 걸음으로 떠나갔다.

……왠지 신비한 분위기를 가진 사람이었지.

비파 법사는 악기를 연주하는 사람이었나? 다음에 차분히 들어보고 싶네──, 그렇게 생각하는데 빌이 "코마리 님" 하고 진지한 표정으로 속삭였다.

"조심하세요. 저렇게 의미심장하게 등장하는 사람은 상식의 궤를 벗어난 악인일 가능성이 크니까요. 구체적인 예시로는 요선향 가게에서 만난 네르잔피 등이 있죠."

"실례잖아. 트레몰로는 나를 도와줬는데……."

그러나 어느 정도 주의해도 손해 볼 건 없겠지.

낙관적인 사고 탓에 나는 지금까지 뼈아픈 일을 당해 왔으니까.

※

'해주' 트레몰로 파르코스텔라는 주머니에 손을 찔러넣으면서 골목을 걷는다.

머리에 울려 퍼지는 건 조금 전 만난 소녀들의 목소리다.

특히 테라코마리의 온기는 트레몰로의 마음에 깊게 울려 퍼졌다.

그게 강대한 의지력을 가지고 있는 것도 납득이 간다.

하지만── 그것과는 다른 문제에 트레몰로의 의식이 끌렸다.

길드 직원의 대화를 엿들어서 그녀들의 이름은 파악하고 있다.

테라코마리. 네리아. 에스텔. 빌헤이즈.

그리고 코레트. ……코레트 뤼미에르.

"무사해서 다행이야. 굳이 알카의 호송차를 노린 보람이 있었군."

트레몰로는 법의 안쪽에서 한 장의 신문을 꺼냈다.

커다란 표제에는 '알카・뮬나이트 사이에 균열'이라고 적혀 있었다. 역시 전란은 깊어질 뿐인 모양이다.

코레트는 알카에 잡혀 있었다.

그걸 비밀리에 구출하고 여행 자금까지 살며시 대준 것이 트레몰로다.

여기까지 살며시 미행했지만, 저 다정해 보이는 흡혈귀의 비호하에 있다면 걱정할 것 없겠지. 자신은 세상을 더 낫게 만들기 위해 다른 일을 시작해야 한다.

거기서 문득 인간의 기척을 느꼈다.

뒷골목에서 수많은 남자가 모습을 드러낸다. 조금 전 길드에 있던 용병들이다.

그중에는 테라코마리에게 싸움을 걸던 모히칸의 모습도 있었다.

"──이봐, '해주'. 잘도 창피를 줬겠다."

모히칸은 무기를 뽑아 들고 노려보고 있다.

아아. 이 세상은 정말 슬픈 세계다.

나라간의 분쟁 덕에 수많은 사람이 슬퍼하고 있다. 수많은 사람이 원치 않는 죽음을 맞는다.

트레몰로가 바라마지 않는 '마음이 아름다운 사람뿐인 세계'와는 한참 거리가 멀다…….

"처죽여 주마. 실력만 보면 우리가 너희보다 훨씬 격이 높거든."

"그래, 그래! 앞으로 우리 '드래곤 헤드'의 천하다!"

"'성채(星砦)'의 시대는 끝났다고."

'성채'.

저세상에 13곳뿐인 월급(月級) 용병단 중 하나.

트레몰로 파르코스텔라는 그 멤버인 것이다.

그렇기에 하극상을 노린 용병들이 목숨을 노리는 것도 일상다반사다.

그러나 이번 일은 너무나도——.

"아아……, 세속에 집착하는가. 정말 천박하군."

"뜬금없는 소리 하지 마!! 죽여주마!!"

"그럼 죽여야겠군. 그게 '유세이'를 위한 거니까."

"뭐?——."

디잉. 디잉.

가볍게 실을 튕긴다. 그것만으로도 모히칸은 산산조각 나 땅에 떨어졌다. 피를 튀기면서 숨이 끊어진 동료의 시체를 본 남자들은 넋을 잃고 멀뚱히 서 있다. 그러나 금방 적과의 격차를 이해했는지, 벌레처럼 기어서 도망쳤다.

"슬픈 세계에도 아직 희망은 있다고 생각했는데——, 역시 기대할 순 없겠군요."

트레몰로는 추가로 실을 튕긴다.

비명이 울려 퍼진다. 남자들이 분해되어 간다. 피와 살이 튀어 돌바닥을 더럽혔다.

한 사람도 놓치지 않는다.

마음이 더러운 인간은 죽어야 하니까.

※

"제길……, 뭐 이렇게 더러워……."

나는 거대한 창문을 쓱쓱 닦고 있었다.

걸레는 이미 새카맣다. 저택 아이들이 장난으로 낙서한 모양이다.

저세상에 온 지 3일째──, 즉 죽을 운명까지 앞으로 5일.

용병단 '코마리 클럽'은 '화급(火級)', 즉 최저 랭크다.

화급이 받는 일은 소소한 잡일뿐인지 나는 마을 높으신 분의 저택에서 메이드복을 입고 청소하게 됐다.

그렇게 됐는데──, 뭐지, 이 일은? 너무 중노동 아닌가?

물통을 여러 번 옮긴 탓에 팔이 움찔움찔 경련하고 있다. 이거 분명 근육통이 오겠는걸. 칠홍천 이외의 직업에는 처음으로 도전해 봤는데, 설마 메이드 일이 이렇게 힘들 줄이야. 다음부터는 빌의 일을 도와주자.

……참고로 그 빌은 네리아와 함께 도둑 퇴치 의뢰를 맡고 있

Illustrations copyright © riichu

다. 메이드 일은 세 명밖에 못 하기 때문에 나와 코레트, 에스텔이 지원하게 된 것이다.

"──허허. 건데스블러드 씨. 수고했어."

갑자기 마음씨 좋은 할아버지 같은 전류가 말을 걸어왔다.

이 저택의 주인인 의뢰주다.

"미안하군. 넓어서 힘들지?"

"괜찮아…… 요. 끈기에는 자신이 있거든요."

"하하핫. 그거 믿음직한걸. ──실은 우리도 인재 부족 때문에 곤란하거든. 괜찮으면 정식 메이드로 고용되지 않겠나?"

"네? 그건 좀……. 생각이야 해보겠지만……."

"뭐, 강요하진 않을게. 요즘은 전란이 심하니까. 알카의 군세는 중립 지역까지 침식해 오는 기세고. 전에 있던 고용인들은 다들 무서워서 고향으로 돌아가 버렸어──."

노인 왈, 뮬나이트와 알카의 전쟁은 격화되고만 있다나 보다.

상관없는 마을까지 전화가 미치고 있다. 정부에서 전쟁세를 심하게 걷는다, 국내 곳곳에 난민이 넘쳐난다 등──. 아무래도 저 세상은 우리가 생각했던 것 이상으로 위험한 상황인 모양이다.

"이 마을에 있어도 반드시 안전하다고 단언할 순 없어. 건데스블러드 씨도 신변의 위험을 느끼면 바로 도망쳐. 창문 닦기는 뒤로 미뤄도 되니까."

그 말만 남기고 노인은 떠나갔다.

신변의 위험은커녕 나는 5일 후에 죽는데.

대체 어떻게 된 일이지──, 나는 전전긍긍하면서 창문 닦기

청소를 재개했다.

그때 정원 쪽에서 "아아아, 피곤해!" 하는 절규가 들렸다.

"이게 뭐야! 생각보다 100배 정도 더 중노동인데?!"

코레트 뤼미에르가 가지치기용 가위를 내던지며 땅에 주저앉았다.

저 소녀는 정원 손질을 맡았다. 그러나 그녀가 가꾼 듯 보이는 산울타리는 꼭 자다 깬 네리아처럼(즉 심하게 뻗친 머리처럼) 부스스했다.

괜찮은가, 어라? 오히려 변상을 요구하진 않겠지?

"참으세요, 코레트 씨. 저희는 협력해서 돈을 벌어야 해요——. 앗, 이게 뭐예요?! 산울타리가 새 둥지처럼 되어 있는데요?!"

자재를 옮기고 있던 에스텔이 놀라서 소리를 질렀다.

코레트는 "윽" 하고 거북한 듯 시선을 피했다.

"살짝 손이 미끄러진 거야. 해본 적도 없고…….."

"해본 적이 없으면 말을 하세요! 아아아아……. 얼른 어떻게든 해야 해……. 우선 제가 정리할 테니까, 당신은 각하를 도우세요."

"네에……."

불만스러운 눈치다.

그녀는 그대로 내 옆으로 걸어왔다.

"코레트는 의외로 서투르구나."

"뭐야, 꼬마. 당신도 창문을 잘 닦은 건 아니잖아."

"꼬마가 아니고 창문 닦기도 잘했어! 수고했다고 칭찬받은걸!"

"그건 칭찬받은 축에 못 들어. 아아……. 나도 빌이랑 같이 가고 싶었는데~."

코레트는 땅에 떨어져 있던 걸레를 주워 들어 양동이에 집어 던졌다.

오수 때문에 질퍽해진 그것을 가차 없이 창문에 내리친다.

"이봐, 그만해. 잘 짜서 해. 게다가 거긴 내가 깨끗하게 닦은 곳이야."

"뭐? 그래? 청소는 어렵네."

나는 한숨을 내쉬고야 말았다.

"……너는 아가씨야? 집안 청소도 메이드에게 맡기는 타입?"

"뭐, 아가씨라면 아가씨지. 태생은 평민이지만, 우여곡절을 거쳐 뤼미에르가의 양자가 되었으니까."

"으응? 뤼미에르가는 귀족 같은 거야?"

"귀족은 아니야……. 하지만 뮬나이트 제국에서 특별한 '무녀 공주'의 가계야. 미래시나 점술 같은 걸 구가해서 제국을 뒷받침했지. 600년 정도 전부터 존재한 것 같은데, 자세한 건 나도 몰라."

……무녀 공주 같은 건 내가 아는 뮬나이트 제국에는 없었는데?

그러나 왠지 모르게 중요한 정보인 것 같다. 자세히 파헤쳐 볼까——, 그렇게 생각했지만 코레트가 먼저 "저기, 꼬마" 하고 화제를 바꿔 버렸다.

"당신, 빌을 좋아해?"

"뭐……?"

나는 살짝 당황하고 나서 답했다.

"좋아한다면 좋아하는데……."

"언제부터 빌과 함께한 거야?"

"으음, 그 녀석이 처음 내 방에 온 건…… 작년 4월이었나? 실은 그 전에도 학원에서 마주친 적이 있는데…… 그게 왜?"

"흐음——."

코레트는 걸레를 짜면서 의미심장한 표정을 짓고 있다. 둔한 나로서는 그녀의 심중을 헤아릴 수 없다. 곧 "저기" 하고 말이 나왔다.

"나에게는 소꿉친구가 있었어."

"그래?"

"응. 그 소꿉친구 이름이 '빌헤이즈'야."

나는 잠깐 가슴이 철렁했다.

그러나 '빌헤이즈'라는 이름은 그렇게 드물지 않다. 뮬나이트의 고대어로는 '천상의 보석'을 의미한다나 보니까, 여자 이름으로 인기이기도 하다.

"그, 그래. 코레트의 소꿉친구인 빌은 어떤 아이였어?"

"착한 아이였어. 또 내성적이고 소극적이었지. 내가 곁에 있어야만 했어. 가장 친한 친구였지……. 하지만 마을에 전화가 미치는 바람에 생이별하게 됐어."

"어……."

"어디 군대인지 모르겠지만, 갑자기 마을을 습격했어. 집이 무너지고 사람들은 뿔뿔이 흩어졌지. 그날은 엄청 번개가 치고 비가 오는 날이라 행방불명자도 많이 나왔어. 그중에 빌도 포함

되어 있었고……. 그 후로 나는 쭉 빌을 찾아다녔어……."

코레트는 어째서인지 참회하듯 입을 다물었다.

창문 닦기에 집중할 수가 없다. 갑자기 덤벨보다 무거운 화제가 나왔기 때문이다.

"……그게, 언제 얘기야?"

"6년쯤 전."

코레트는 한숨을 내쉬며 푸른 하늘을 올려다봤다.

"요 6년 동안 단서가 하나도 없었어. 이미 신이 데려간 것 이외의 선택지를 모두 생각해서 찾아봤는데……, 그래서 숲에서 빌을 만났을 때 죽도록 깜짝 놀랐어."

"저 빌은 코레트의 소꿉친구인 빌이 아닌데?"

"알아. 성격이 영 다르고 머리 색도 다르고 가슴이 크니까. ……그리고 무엇보다 나를 전혀 기억 못 했어."

"…………."

"하지만 일말의 희망에 매달리고 싶어지는 기분은 이해하잖아? 외형의 차이는 성장으로 어떻게 둘러댈 수 있고, 또…… 그 아이 기억 상실 아니야?"

그런 이야기는 들은 적이 없다.

"됐어. ……애초에, 그 녀석에게는 가족이 있거든?"

"그러게. 그렇게 속 편한 얘기가 있을 리 없지."

코레트는 휘파람을 불면서 창문 청소를 재개한다.

나는 어째서인지 가슴이 술렁이는 것을 느꼈다.

빌이 코레트의 소꿉친구일 가능성은 있을까?

없을…… 것이다. 왜냐하면 빌에게는 할아버지가 있으니까.

"……코레트가 빌에게 찰싹 붙어 있는 건 소꿉친구의 모습이 남아 있어서야?"

"그것도 그렇지만 빌이 좋아서야."

"그 녀석의 어디가 좋은데?"

"나를 난폭한 녀석들에게서 구해줬잖아? 그 후로도 여러모로 나를 배려해 줬고. 그런 다정한 사람은 처음 봐. ──게다가 그 쿨한 표정! 정말 멋져."

"아니……, 찬물을 끼얹는 것 같아서 미안하지만, 그 녀석은 변태거든……?"

"무슨 소리야? 변태는 당신이잖아. 빌에게 메이드복을 입혀놓고 기뻐하고 있으니까."

"뭐야?!"

"빌에게 더 이상 변태기가 옮지 않도록 내가 가로채겠어! 당신 메이드가 아니라 내 친구가 되는 게 빌을 위한 길일 테니까!"

"웃기지 마! 그 녀석은 우리 집에서 고용한 메이드야!"

"아, 그래? 하지만 빌이 있을 곳은 빌 자신이 정할 거야."

나는 "윽" 하고 말문이 막혀 버렸다.

전에 스피카에게 메이드를 빼앗긴 적은 있지만…… 이번에는 미묘하게 다르다. 스피카의 그건 나를 몰아붙이기 위한 책략이었지만, 코레트의 경우 본인이 빌을 원하고 있다.

그리고 이 녀석은 그걸 실현할 만한 열의와 힘을 가진……, 것 같다.

지금으로선 아무 근거도 없지만.

결국 나는 정체 모를 고뇌를 해소하지 못한 채 청소에 매진했다.

……우선 코레트는 물러나 있어줘. 네가 있으면 더 더러워질 뿐이니까.

☆

오늘 일은 끝. 해가 저물자 거리는 조용한 어둠에 휩싸였다.

마법이 없는 세계에는 마력등 같은 설비도 존재하지 않는다. 대신 달과 별이 이상할 정도로 빛나고 있었다. 태양이 두 개나 존재하는 탓일지도 모른다.

그렇다고 하지만 밤중에 밖을 돌아다니며 놀 돈은 없다.

휴식을 취하고 기력을 키우는 것만 생각하면 된다.

그런 이유로——.

"아아아아아……. 온몸에 스며들어……. 살겠다……."

나는 어깨까지 뜨거운 물에 몸을 담그면서 크게 한숨을 내쉬었다.

네리아가 '목욕하자!'라고 제안한 것이다. 아무래도 여관의 욕탕은 무료로 이용할 수 있는 모양이다. 과도한 노동에 피로가 쌓여 있던 나에게는 하늘의 계시, 이미 남들 앞에서 옷을 벗는 게 창피하다고 할 처지가 아니었다.

"일한 후에 즐기는 목욕은 각별하네……. 꼭 탈피할 때의 매미 같은 기분이야……."

"코마리 님, 지치신 것 같으니 가슴 마사지를 해드릴게요."

"돌직구 성희롱은 관둬!!"

날 주무르려 드는 변태 메이드에게서 황급히 거리를 둔다.

여느 때처럼 방심할 수 없는 녀석이다. 내 안전지대는 이미 에스텔 옆밖에 없다.

"저⋯⋯, 각하? 저한테 무슨⋯⋯?"

"에스텔은 이 자리에서 가장 번듯해. 그러니까 에스텔이랑 함께 있는 게 좋아."

"여, 영광입니다! 함께하겠습니다!"

에스텔은 딱딱해졌다.

어라? 혹시 신경 쓰는 건가? 긴장을 풀어 주기 위해 내가 마사지를 해 줄까──, 그렇게 생각하는데 네리아가 "그럼" 하고 말을 꺼냈다.

"오늘 벌이는 그럭저럭이네. 이대로 3달만 벌면 여비를 확보할 수 있겠어."

"3달?! 그렇게 오래 창문을 닦고 싶진 않은데?!"

"하려고 해도 못 해요. 코마리 님은 5일 후면 죽을 테니까요."

"끄으으⋯⋯."

그래, 죽음이 다가오고 있다는 문제도 있었다.

나는 무사히 엄마를 만날 수 있을까?

"이대로는 끝이 안 나겠어. 자잘하게 용병 일을 소화한다고 해서 원래 세계로 돌아갈 수 있는 것도 아니고. 그러니까 날이 새면 이 마을을 떠나자."

"떠나자고? 돈이 없는데?"

"길드에서 빌렸어. 내 쌍검을 보였더니 '이걸 담보로 삼아도 된다'면서 눈 색이 변하던데."

"잠시만?! 쌍검은 네리아에게 소중한 거잖아……."

분홍빛 소녀는 입가에 빙그레 미소를 띠었다.

"코마리는 정말 착하네. 하지만 기한까지 돈을 갚으면 쌍검을 줄 필요는 없어. 걱정할 만한 일이 아니래도."

"그럴 수도 있지만……. 아무것도 못 하는 나 자신이 한심해……."

"그럼 내 메이드로 일해 줘. 코마리는 내 여동생이니까 여동생 메이드네."

"부끄러우니까 사양할게."

언제부터 내가 네 여동생이 된 건데.

어쨌든 이로써 금전적 문제는 어느 정도 해결된 모양이다.

왠지 그냥 문제를 뒤로 미룬 듯한 느낌도 들지만 생각해도 별 수 없겠지.

우리는 한시라도 빨리 '초저녁의 영웅'을 만나야 하니까.

……뮬나이트에 도착하면 어떻게 될까.

엄마를 만나는 건 기쁘다. 원래 세계로 돌아갈 수 있는 (지 모르는) 것도 기쁘다.

하지만 내 마음에는 두 가지 걱정거리가 가득 차 있었다.

하나는 죽음의 운명.

또 하나는 코레트의 '빌을 가로채겠다'라는 선언이다.

이 중 혈안이 되어 해결해야 하는 것은 분명히 전자다.

그러나 나는 후자의 문제로 답답해하고 있었다.

단순한 감이지만, 코레트를 그냥 두면 안 될 것 같다…….

"──코마리 님? 왜 그러세요?"

어느새 빌이 날 바라보고 있었다.

나는 황급히 시선을 피했다.

"아무것도 아니야! 네가 변태 행위를 하진 않을지 경계하고 있었어."

"즉 제가 그리워지신 거군요. 코마리 님이 외로워서 울면 안 되니까 오늘은 한 침대에서 자죠."

"이봐, 들러붙지 마! 에스텔, 부탁해! 에스텔 배리어다!"

"흐에?! 각하?! 저…… 저기……."

"뭐죠, 에스텔. 설마 저와 코마리 님의 친목을 방해할 셈인가요?"

"그럴 생각은 일절 없어요! 하지만 미풍양속의 문제라는 게 있어서요……. 역시 욕탕에서 들러붙어 있는 건…….."

"상관의 행위에 참견하다니 좋은 배짱이군요. 벌로 알몸 댄스를 보여주세요."

"죄송합니다!! 알겠습니다!!"

"그만해, 에스텔!! 추지 마!!"

명령을 준수하기 위해 에스텔이 일어났다.

황급히 막으려고 했지만 기고만장한 빌이 끌어안으며 움직임을 막는다. 네리아는 "아하핫" 하고 웃을 뿐, 아무것도 해 주지 않았다. 이 녀석들, 저세상에 와서 힘든 상황인데 너무 태평한

거 아니야──? 그런 식으로 어이없어하면서도 변함없는 동료들을 보고 안도하기 시작했을 때.

촤악──!!

누군가가 엄청난 기세로 일어났다.

코레트가 뺨을 부풀리며 우리를 응시하고 있었다.

"이제 나갈래!"

빌이 깜짝 놀라서 눈을 크게 떴다.

뭐가 뭔지 모른 채 굳어 버린 나를 두고 코레트는 첨벙첨벙 물을 헤치면서 욕탕을 나가 버렸다. 네리아가 "어라라" 하고 난감하다는 듯 쓰게 웃는다.

"질투했나 보네. 빌헤이즈가 코마리만 신경 쓰니까."

"음…………."

빌이 난처한 표정을 지으며 내 배를 주무르는 손을 멈췄다.

5초 망설이더니 천천히 일어난다.

"……코레트 님께 가볼게요. 파티에 불화가 있으면 앞으로 활동에 지장이 생길 위험이 있으니까요."

"그래, 그래. 다녀와."

발가벗은 메이드를 배웅하면서 나는 기묘한 초조감을 느끼고야 말았다.

저 녀석은 코레트와 무슨 얘기를 하려나? 나의 민감한 센서가 '저 녀석들을 둘만 둬선 안 된다'라고 마구 경보를 울리고 있는데…….

"코마리는 걱정이 많네."

네리아가 천장을 올려다보면서 태평하게 말했다.

"빌헤이즈가 자기 아닌 사람을 신경 써서 찜찜하지? 그런 생각은 해봤자 아무 소용없어."

"딱히 생각한 적 없어. 빌이 누구와 친해지든 빌 자유지."

"누군가를 독점하고 싶은 마음은 잘 이해해. 나도 코마리를 24시간 메이드로 시중들게 하고 싶은걸."

"멋대로 내 마음을 해석하지 마! 그리고 나는 메이드는 절대 안 해."

"얼굴에 적중이라고 적혀 있네. ──하지만 독점하는 건 무리야. 예를 들어 게르트루드에게도 주인보다 우선해야 할 게 산더미처럼 많아. 남의 그런 사정을 받아들이면서 원만하게 지내는 게 좋은 제왕이라는 거야."

"끄으······."

분명 일리가 있다. 저 녀석의 인간관계를 부정할 권리는 나에게 없는 것이다.

그리고── 네리아 말처럼 애초에 부정할 필요성도 전무했다.

왜냐하면 흡혈 소란 때 확인했으니까.

저 녀석은 내 피를 달라고 말해 주었다.

'언제까지고 곁에 있을게요'라고도 해 주었다.

그 말이 거짓이라면 나는 머리가 이상해져서 알몸으로 춤을 출지도 모른다.

"······네리아 말이 맞아. 희대의 현자답게 우직하게 대처해야지."

"그래야 코마리지! 당신은 나와 함께 세계를 정복할 최강의 흡혈귀야! 이 정도 일로 끙끙거리면 살육의 패자라는 이름이 아까워."

"너는 육군 신문을 너무 많이 읽는 거 아니야? 머리가 나빠진다는 평이 있던데?"

네리아는 "아하핫" 하고 웃었다. 농담인지 진담인지 모르겠다.

어쨌든 빌은 신경 쓰지 말자. 강자는 항상 태연자약한 법이니까——, 거기서 문득 에스텔이 "각하아" 하고 울 듯한 목소리로 말했다.

"저……, 저는 언제까지 춤추면 될까요……?"

"계속 추고 있었어?!?!?!"

진지한 얘기 중인데 옆에서 뭘 하는 거지 얘는. 너무 진지한 것도 생각해 볼 일이다——. 아니, 에스텔의 성질을 이해하고서 갑질 같은 명령을 하는 메이드가 더 생각해 볼 거리지만.

나와 네리아는 황급히 에스텔의 기행을 막았다.

상사로서 저 변태 메이드를 혼내둘 필요가 있겠군.

그러고 보니 '오늘은 같은 침대에서 자자'라고 했던가?

그렇다면 침대에서 벌을 주자. 빌이 눈을 감으면 귀에 후——하고 숨을 불어 주는 것이다. 사과할 때까지 그만두지 않겠다고 하면 그 녀석도 깊이 참회하겠지——. 나는 어째서인지 마음이 들뜨는 것을 느끼면서 욕탕에서 나갈 준비를 했다.

☆

"죄송합니다. 코마리 님. 오늘은 코레트 님과 함께 잘게요."

"⋯⋯⋯⋯⋯⋯⋯⋯⋯⋯⋯⋯⋯⋯⋯⋯⋯⋯⋯⋯⋯⋯뭐??"

2인실과 3인실을 빌렸다.

나는 3인실에서 잘 준비를 하면서 빌을 기다리고 있었다.

그러나 녀석은 돌아오자마자 그런 말을 한 것이다.

"약속을 어겨서 죄송합니다. 저와 코레트 님은 2인실을 이용할게요."

"⋯⋯그래? 흐음⋯⋯. 뭐 상관없지 않나? 그건 그냥 구두 약속이고, 애초에 난 승낙한 적 없으니까. 오히려 혼자 푹 꿈속 세계를 즐길 수 있다니 만만세네."

"그래요. 그럼 안녕히 주무세요."

"응, 잘 자."

타앙. 방문이 닫혔다.

빌의 발소리가 멀어지는 것을 들으면서 나는 침묵했다.

⋯⋯뭐? 어떻게 된 거지? 왜 저 녀석이 코레트와 함께 자는 건데? 에스텔에게 알몸 댄스를 강요한 벌을 줄 예정이었는데? 전속 메이드 주제에 주인을 방치하는 건가?

"각하, 내일도 일찍 일어나야 하니까 슬슬 불을 끄지 않으실래요?"

"으⋯⋯⋯⋯⋯."

"각하? 왜 그러세요⋯⋯?"

"으아아아아아아아아아아아아아아아아아아!!"

"꺄아아아아아아아아아아아아아아아아아아?!"

나는 침대 위에서 공중 대회전했다. 그리고 매트에 머리부터 떨어졌다. 에스텔이 거품을 물며 "적습인가요?!" 하고 일어나는 것을 무시하고 나는 물고기처럼 버둥버둥 날뛰었다.

"왜야?! 왜…… 왜 저 녀석은…………."

"아, 그렇군요. 각하는 빌 씨와 함께 잘 수 없는 게 쓸쓸하시군요."

"안 쓸쓸해!!"

나는 귀신처럼 험악하게 에스텔을 노려봤다.

그러자 그녀는 "죄송합니다, 각하는 고고한 분이시죠!" 하고 고개를 숙였다. 그렇게 반응하면 미묘하게 곤란한데.

"저기, 에스텔. 어떻게 생각해?"

"네? '어떻게'라니……?"

"코레트 말이야. 저 녀석, 빌에게 너무 들러붙어 있는 거 아니야?"

"그런가요? ……아, 하지만 빌 씨와 코레트 씨 사이에 뭐가 있었던 건 확실한 것 같아요. 아니라면 그분이 각하를 내칠 리 없으니까요."

"나를 내친 거야?"

"아뇨! 제 표현이 잘못됐어요. 각하는 뒷전이 됐을 뿐이에요."

두개골을 당목*으로 친 듯한 충격이었다.

즉 지금의 빌은 나보다 코레트를 우선하고 있는 것이다.

정체 모를 기묘한 초조감이 생겨났다. 이건 단순한 질투가 아

---

* 절에서 종이나 징을 치는 나무 막대

니다. 코레트의 순수한 시선이 빌의 무언가를 바꾸어 버린 듯한 느낌이 났다.

네리아는 "걱정이 많네" 하고 웃었지만, 이걸 걱정하지 않으면 주인으로서 실격이다.

"——가자, 에스텔! 이럴 때가 아니야!"

"어? 어딜 말인가요?!"

"그 녀석들 방으로! 둘이서 노는 건 치사하니까 우리도 끼자."

"벌써 10시인데요? 군 학교였다면 소등 시간——."

"왜 이리 바른 생활이야?! 흡혈귀는 밤에 활동하는 법이잖아!!"

"잠깐……, 각하?!"

나는 에스텔을 데리고 방을 나왔다.

이대로 소등하면 악몽을 꿀 게 뻔했다.

쾌적한 수면을 위해서라도 빌과 코레트의 상태를 확인할 필요가 있는 것이다.

☆

네리아 커닝엄은 밤의 골목을 걷고 있었다.

목적은 따로 없다. 굳이 말하자면 저세상의 거리를 관찰하기 위해——, 또 마음을 정리하기 위해.

남색 밤하늘은 묘하게 밝다. 달과 별빛에 비친 골목이 반짝반짝 빛나고 있다.

네리아는 후끈거리는 몸을 밤바람에 식히면서 작게 한숨을 내

쉰다.

"내가 정신 차려야지……."

용병단 '코마리 클럽'의 리더는 코마리다.

하지만 그 흡혈 공주는 말하자면 최종 병기다. 물론 그녀에게도 톱으로서의 자질은 있지만, 아직 미덥지 않은 부분이 많기 때문에 네리아가 이끌어야만 한다.

네르잔피의 작전에 빠져 안개의 세계에 사로잡혔을 때──.

네리아는 선생님에게서 '코마리를 챙겨줘'라고 부탁받은 기분이 든다.

환청일 가능성도 크다. 스스로 새긴 사명감이 선생님의 모습으로 네리아 앞에 나타난 것일지 모른다.

그래도 네리아는 코마리를 이끌어야만 했다.

왜냐하면 코마리는 친구니까. 생명의 은인이니까. 피를 나눈 자매니까.

그리고 세계 정복을 함께 수행할 동료이기도 하니까.

전 오오미카미도 '코마리 씨를 잘 지켜보세요'라고 말했다. 그건 아마 코마리가 사라질 미래를 시사한 것이리라. 실제로【판도라 포이즌】에 의해 죽음의 운명도 예고되고야 말았다.

"눈을 떼지 않는 게 좋겠어. 산책 같은 걸 할 때가 아닐지도 몰라."

특히 지금의 코마리는 코레트의 출현으로 여러모로 약해져 있어서 걱정이다.

그 아이는 지금까지 '요구당하는 쪽'에 있는 경우가 많았다.

항상 수많은 사람에게 둘러싸여 떠받들어졌다. 코레트가 그 상황을 뒤집음으로써 당황하는 것이겠지——.

"안녕하세요."

디잉. 뭔가가 바뀌는 기척이 났다.

유령인가 싶어서 비명을 지를 뻔했지만 직전에 참는다.

잡화점 간판 쪽에 낯익은 비파 법사가 서 있었다.

"트레몰로…… 였던가? 이런 데서 뭐 하는 거야?"

"당신과 마찬가지로 밤 산책 중이에요. 오늘도 별이 아름답네요."

트레몰로는 뺨을 붉히며 미소를 지었다.

네리아는 살짝 긴장했다. 이 소녀에게서는 정체 모를 비장함이 느껴졌다.

나중에 길드 직원에게서 들은 얘기에 따르면 트레몰로 파르코 스텔라는 '성채'라는 월급 용병단에 소속해 있다나 보다. 즉 실력 있는 전사라는 것이다.

"딱 하나 알려드리고 싶은 게 있어서요."

"뭔데? 나를 기다리고 있었어?"

"맞아요."

트레몰로는 기죽지 않고 더욱 활짝 웃었다.

법의 안쪽에서 신문 같은 것을 꺼내어 건넨다.

"이건 내일 조간의 일부예요. 신문사에 연줄이 있어서 살짝 빌려왔죠. 당신들과 관련된 정보가 나와 있어요."

갑자기 거리가 소란스러워졌다.

멀리서 누군가가 외치고 있다. 이어서 밤하늘이 아주 잠깐 흐려졌다.

"……? 무슨 소란이지?"

"사람의 목숨이 수꽃과도 같은 슬픈 세계예요. 전쟁은 일상다
반사죠."

"설마……."

"부디 초조해하지 마세요. 기사를 읽으시면 알 거예요."

네리아는 머뭇머뭇 넘겨받은 신문을 읽었다.

몇 초 정도 침묵하고 탐독한다. 그러나 바로 더는 견딜 수가
없었다.

터무니없는 긴장감에 습격당한 네리아는 즉시 몸을 돌려 골목
을 달렸다.

"부디 안녕하시길. 제가 할 수 있는 일은 이 정도니까요."

"고마워! 당신도 죽기 전에 도망쳐!"

여관으로 하염없이 달리면서 네리아는 혀를 찼다.

아무래도 자신들은 터무니없는 사태에 말려든 모양이다.

코마리는 무사할까. 코레트는 무사할까——.

멀리서 전란의 소리가 들려온다.

뒤에서는 디잉, 디잉 하는 비파의 음색이 울렸다.

☆

2인실은 텅 비어 있었다.

빌과 코레트 모두 사라지고 없다. 왜 사라진 거지. 설마 둘이

서 도피행을 개시한 건가? 그건 말도 안 돼. 나를 두고 가다니 매정한 것도 정도가 있지. 메이드로서 월급도 매달 (아빠가) 지불하고 있는데. 이대로 안 오면 월급 도둑으로서 고소할 거야. 괜찮겠어? 안 괜찮지?

"지, 진정하세요. 각하! 쓰레기통 속을 뒤져도 빌 씨는 없어요! 컵 속에도 없어요! 그렇게 차분히 만화경처럼 들여다봐도 아무 의미 없어요!"

"으으으으으……. 그 녀석들은 어디 간 거지……?!"

"짐은 있으니까 숙소 밖으로 나갔다고 보긴 어렵겠죠. 그렇다고 숙소 내에 눈에 띄는 곳은 떠오르지 않는데요……. 옥상에서 별을 보고 있는 건 아닐까요?"

"그거다! 가자!"

주인을 두고 천체 관측이라니 좋은 배짱인걸. 아니, 딱히 방해할 생각은 없지만 코마리 클럽의 리더로서 녀석들의 행적을 파악할 의무가 있는 것이다.

그러나 에스텔이 "잠시만요, 각하" 하고 말렸다.

"저기. 각하는 빌 씨와 떨어지는 게 좋다고 봐요."

정신이 무너질 뻔했다.

설마 에스텔이 그런 진언을 할 줄은 생각도 못 했다.

"왜, 왜……? 역시 내일에 대비해 일찍 자는 게 좋을까……?"

"아뇨, 그런 뜻이 아니라. ……저는 빌 씨의 예언이 걸려서요."

에스텔은 정말 불안하다는 얼굴로 나를 내려다봤다.

"【판도라 포이즌】으로 본 건 '각하가 빌 씨 곁에서 돌아가시는 광경'이었죠? 그렇다면…… 각하의 죽음을 회피하기 위해서는 빌 씨와 떨어지는 게 가장 유효하다고 봐요."

"아……."

"어쩌면 빌 씨는 그걸 고려하고 있는 걸지도 몰라요."

나는 아주 잠깐 납득할 뻔했다.

……아니, 하지만 다르다.

내가 죽는 건 5일 후고, 지금이 아니다.

"아직 내 목숨을 노리는 녀석은 없어! 그 대책을 이제부터 빌과 함께 생각할래! 그러니까 빌 곁으로 서둘러 가야 해!"

"그, 그렇군요……?"

나는 에스텔의 팔을 잡아끌고 계단을 올라갔다.

옥상으로 가는 문을 강제로 열자 봄의 밤바람이 살랑살랑 내 머리를 어루만졌다.

온 하늘에 별이 가득하다. 분명 옥상으로 나와서 보고 싶어지는 것도 무리는 아니다. 사쿠나였다면 분명 크게 흥분했겠지——. 그렇게 생각하면서 옥상의 돌바닥을 걸었다.

곧 찾던 인물을 발견했다.

심장이 터질 뻔했다.

녀석들은 어깨를 나란히 한 채 무릎을 모으고 앉아 있었다. 무릎을 모으고 앉아서 별을 보고 있었다. 게다가 코레트가 갑자기 빌의 손을 잡았다. 둘은 사이좋게 손을 잡으면서 간지러운 듯이 미소를 지었다. 녀석들이 뿜어내는 청춘틱한 분위기가 내 두개골까지 침입했다.

"응? 뭐야, 저 녀석들."

"각하! 표정이 사라졌어요!"

"보통 사라지지, 이건."

나는 절망적인 심정으로 빌과 코레트의 뒷모습을 주시했다.

저 메이드가 나 이외의 사람과 친하게 대화를 나누는 광경은 처음 봤다. 가슴에 따끔한 통증이 퍼졌다. 고민의 씨앗이 무럭무럭 성장해 새카만 꽃을 피웠다──. 그렇게 해서 나의 의식은 영문 모를 감정의 거센 파도에 휩쓸리고야 말았다.

"으……, 으에……."

"어? 저기……, 각하?"

"으아……, 으아아아아아아아아아아아아아!!"

"각하?! 잠시만──."

나는 수치심도 체면도 내던지고 질주하기 시작했다. 네리아가 한 말 따위 이미 잊었다. 그냥 두면 빌을 빼앗길 것 같았던 것이다──. 그러나 하늘의 신은 철저히 나를 농락했다.

"앗."

넘어졌다.

턱에 걸린 나는 그대로 돌바닥 위에 엎어졌다.

털퍽!! ──저세상에 온 후로 이렇게 크게 넘어진 건 두 번째다. 아프다거나 창피하다는 수준의 소동이 아니었다. 내 존재를 알아차린 두 사람이 눈이 동그래져서 돌아봤다.

"코마리 님?"

"테라코마리이? 뭐 하는 거야! 꼬마는 잘 시간인데!"

여기서 '그냥 지나던 길이었어요'하고 하기에는 너무 무리가 있다. 그러나 '감시하러 왔습니다'라고 자백하기는 자존심이 허락하지 않았다. 그렇기에 죽은 척하는 수밖에 없었다.

"엿들으러 온 거야? 정말 취향 한번 고약하네! 정말 넌——."

코레트가 툴툴거리면서 다가온다.

좋아, 결심했어. 우선 '자고 있었는데 어째서인지 옥상으로 워프했다'라고 거짓말하자——. 그렇게 생각하고 고개를 든 그때였다.

코레트가 "어라?" 하고 시선을 옆으로 돌렸다.

나도 덩달아 그쪽을 본다.

7층 건물이라서 거리의 풍경을 한눈에 볼 수 있었다. 아무 특색 없는 소도시의 광경이다. 그러나 자세히 보니 특색이 있었다. 먼 곳의 하늘이 밝아져 있는 것이다. 아무래도 건물이 불타오르고 있는 듯하다.

다음 순간——, 콰아아아앙!! 하는 폭발음이 울렸다.

게다가 간헐적으로 대포를 쏘는 듯한 소리마저 들린다.

갑자기 사이렌 같은 소리가 울려 퍼졌다. 코레트가 "꺄아악" 하고 비명을 지르며 귀를 틀어막았다. 이건 긴급사태일 때 나는 경보임이 분명하다.

"큰일이네요……. 군이 쳐들어온 것 같아요."

"군?! 여긴 길드 직할의 중립 도시일 텐데?! 왜 그렇게……."

코레트가 파랗게 질려 떨고 있었다. 이 도시도 안전한 건 아니다. 낮에 전류 할아버지가 그러지 않았는가. '알카의 군세는 중립 지역까지 침범해 오는 기세'라고.

"──다들 무사해?! 큰일 났어!!"

네리아가 총알 같은 기세로 달려들어 왔다.

그녀는 우리 전원의 모습을 확인하더니 가슴을 쓸어내리면서 말을 이었다.

"알카의 군세가 도착했어. 이대로 가면 우리는 살해당할 거야."

"좋아. 나는 이제부터 침대 아래 숨어 신께 기도를 드리기로 하지."

"네? 각하……?"

"잘못 말했어! 이제부터 알카 녀석들에게 반격해야지!"

"이런 데서 허세를 부려도 소용없어요. ──커닝엄 님, 저희는 어떡해야 할까요."

"도망쳐야지."

네리아는 단호하게 말했다.

"우리가 여기 있으면 마을에 폐가 돼. 얼른 퇴각하는 게 베스트야."

"응? 무슨 뜻이야?"

"녀석들은 우리를 노리고 있다는 뜻이야."

네리아는 옆구리에 끼고 있던 신문 같은 것을 펼쳤다.

우리는 빨려들 듯 그것을 바라본다.

[무녀 공주 도주, 알카군은 철저히 추격.

화평을 위해 뮬나이트 제국에서 알카 왕국 후궁으로 헌상된

'무녀 공주' 코레트 뤼미에르는 호송군의 사고를 틈타 도주를 꾀했다. 알카 왕국은 이 행위를 '제국의 배신 행위'로 단정. 이로 인해 양국 사이에는 바다보다 깊은 균열이 생기게 되었다. 알카군은 인근 국가를 끌어들이는 식으로 침략 속도를 높였고, 뮬나이트 제국 제도로 육박할 기세다. 또 알카군은 '무녀 공주'를 보호한 것으로 보이는 화급 용병단 '코마리 클럽'의 수색을 개시했다고 발표. 국왕 폐하도 "찾아내는 즉시 죽여라"라고 격노하며 분부하셨다. 세계를 끌어들인 전화는 한층 격렬해질 양상이다. 무고한 백성은 아무쪼록 주의하기를.]

"……이게 뭐야??"

"코레트는 전쟁을 막기 위해 헌상된 가엾은 제물이었단 거지. 하지만 이 아이는 그게 싫어서 도망친 거야. 알카 왕국 사람들이 화를 내는 것도 무리는 아니야."

"사람을 잘못 본 거 아니야? 왜 코레트 같은 아이가……."

아니. 그거야말로 신문에 나와 있지 않은가.

코레트는 자신이 뮬나이트 제국에서도 유명한 '무녀 공주'의 가계라고 했다.

즉 인질이 되기에 적합한 고귀한 혈통이리라——.

"……………………."

그 자리에 있는 모든 사람의 시선이 코레트에게 쏠렸다.

그녀는 말없이 머뭇머뭇했지만 빌이 "코레트 님" 하고 이름을 부르자 고개를 든다. 어째서인지 그 얼굴이 새빨갛게 물들어 있었다.

"하── 하지만! 후궁 따위 싫었는걸!"

그건 영혼의 외침이었다.

하늘색 소녀는 힘껏 소리쳤다.

"사람 목숨을 도구처럼 취급하고 말이야! '헌상품'은 무슨. 나는 고향 마을에서 평화롭게 살고 싶었는데! 아직 소꿉친구도 못 찾았는데! 알카 후궁 따위에 들어가면 모든 게 끝난단 말이야……."

코레트는 옷자락을 꼭 움켜쥐며 고개를 숙이고야 말았다.

불안, 죄책감. 다양한 감정이 소용돌이치고 있다.

"……호송차가 어째서인지 전복됐어. 기적이라고 생각했어……. 현자님이 나를 살려주신 거라고 생각했지. 누구든 그런 찬스를 놓치지 않을걸. 나는 잘못 없어. ……하지만."

코레트는 우리 얼굴을 바라봤다. 촉촉한 눈에 두려워하는 기색이 언뜻 보이는 듯했다.

"민폐를 끼쳤네, 미안해……."

그런 사정이 있다면 빨리 말해 주면 좋았을걸, 이라고는 생각하진 않았다.

코레트의 기분은 충분히 이해할 수 있다. 만약 '실은 내 목숨을 노리고 군대가 습격해 올지도 모른다'라고 솔직하게 고백하면 빌에게 버림받을지도 모르니까.

"저기, 빌……. 나."

"코마리 님."

빌은 코레트의 호소를 무시하고 나를 불렀다.

메이드의 의사는 굳어진 모양이다. 내가 무슨 말을 할 것까지도 없을 듯하다.

코레트가 울상으로 바라본다.

나는 망설임 없이 선언했다.

"걱정하지 마. 아무도 코레트를 두고 가지 않으니까."

"어⋯⋯."

"뭐, 나는 어이가 없지만! 저세상은 정말 의미 불명이네! 태양은 두 개고, 이상한 식물도 있고 결국 목숨이 위험해졌고⋯⋯. 하지만 너는 여행의 동료야! 저세상의 안내인이기도 해! 그러니까 다 함께 얼른 도망치자."

네리아가 "정한 거네!" 하고 웃었다. 에스텔이 "알겠습니다!" 하고 성실하게 경례했다.

코레트는 잠시 멍하니 서 있었지만 곧 어색한 미소를 띠더니 "고마워" 하고 감사 인사를 전했다.

"당신, 의외로 마음이 넓네. 조금 다시 봤어."

"'의외로'는 빼."

"맞아요, 코레트 님. 코마리 님은 우주에서 가장 관대한 마음을 가지셨답니다. 지난번 제가 몰래 코마리 님의 핫도그 빵을 로로코 님께 유출한 보수로서 코마리 님의 어릴 적 목욕하는 사진(전라)을 받은 죄도 용서해 주실 예정이에요."

"뭐야, 그건. 처음 듣는데?! 용서할 예정은 없거든?!"

"저기, 빌. 왜 테라코마리에게만 그렇게 집착해? 이 녀석에게 세뇌라도 당한 거야? 옆에서 보면 조금 불쾌한데?"

"어? 불쾌……, 하신가요……?"

빌이 웬일로 충격을 받고 있었다.

자업자득이다. 이번 일을 계기로 청초한 메이드로 거듭났으면
한다.

"뭐 하는 거야, 너희! 얼른 도망치자!"

"각하! 짐을 정리할 테니까 방으로 돌아가 주세요!"

네리아와 에스텔의 재촉에 우리는 옥상을 뒤로했다.

거리는 점점 소란스러워져 간다.

왠지 씁쓸한 마음은 들지만, 돌아보지는 말자.

우리의 목적은 살아남는 것이니까.

요선들은 두려움에 집에 틀어박혀 버렸다.

장수를 자랑하는 그들도 우발적인 죽음은 피할 수 없다. 마핵이 망가진 상황에서 죽으면 되살아날 수 없는 것이다.

마핵 복구는 여러 의미로 어렵다.

가장 가능성이 있는 것은 아마츠 카루라겠지.

그러나 지금의【역류의 찰나】에는 의지력에 간섭할 만한 힘이 없다. 육체의 상처는 낫게 할 수 있어도, 사람의 기억이나 감정까지는 되돌릴 수 없는 것이 증거다. 그리고 마핵은 사람의 바람에 의해 방향성을 부여받은 신구다──. 조금 흠이 난 정도라면 복구할 수 있지만, 완전히 붕괴해 '주어진 의지력'이 무산되어 버리면 손을 댈 여지가 없다.

아이란조는, 아니, 건데스블러드조는 대책에 쫓기고 있다.

그러나 아무것도 떠오르지 않는다. 특수한 열핵해방의 소유자라도 나타나지 않는 한은.

"──별의 순환이 나빠. 인생은 쉽게 풀리지 않는군."

나는 요선향 경사를 걸으면서 한숨을 내쉬었다.

당초 예정으로는 모든 마핵을 파괴하고 나서 저세상으로 갈 셈이었다. 그러나 별들의 폭거는 내 상상이었다. 얼른 정리하지 않으면 내 '상자 정원'은 멸망의 비애에 휩싸이겠지.

"아가씨. 문이라는 건 어디 있어?"

옆을 걷는 코르네리우스가 설레는 눈치로 물었다.

뒤를 걷는 아마츠나 트리폰도 흥미로워하는 눈치다.

어쩜 이렇게 기분이 좋을까.

스피카 라 제미니에게는 따라주는 동료가 있는 것이다.

"바로 저기야. 척후로 보낸 후야오 말에 따르면 각국의 높으신 분들은 문에 휩쓸려 행방불명된 자들을 찾기 위해 백극연방으로 갔다나 봐. 뭐라더라. 마핵에 흠을 내서 강제로 문을 연다나 뭐라나."

"응? 요선향의 마핵은 망가졌으니까 경사의 문을 쓰면 되지 않나?"

"테라코마리가 운석을 떨어뜨려서 부숴 버렸대. 재미있지──. 요선향의 문을 통과하면 어디로 튕겨 나갈지 몰라! 공간에 짓눌려 죽을 수도 있어!"

"⋯⋯⋯⋯⋯⋯그런 곳에 지금부터 가려는 거야?"

"당연하지!!"

피 사탕을 혀끝으로 핥으면서 골목을 걷는다.

이윽고 딱 보기에도 무참히 파괴된 궁전── '자금궁'이 보였다.

게다가 그 중앙에는 빛나는 '문'도 자리 잡고 있다.

보통은 엄중한 경비망이 깔려 있을 터. 그러나 병사들은 모두 기절해 땅을 나뒹굴고 있었다. 죽이지는 않은 게 그 아이답다고 생각하며 나는 미소를 짓고 말았다.

"후야오! 수고했어!"

Illustrations copyright © riichu

"음."

여우 수인──, 후야오 메테오라이트가 원탁 의자에 앉아 있었다.

그녀는 이쪽을 보더니 귀찮은 듯 일어난다.

나른한 듯한 분위기를 보아 지금은 '표면'의 후야오인 듯하다.

"……아가씨. 이제 저세상으로 갈 수 있는 거지?"

"그래. 후야오는 나를 택해 주었구나……. 기뻐!"

"흥."

후야오는 고개를 돌려 버렸다.

삭월의 멤버들은 모두 자기 목적을 위해 움직이고 있다.

코르네리우스는 연구를 위해. 트리폰은 나에게 봉사하기 위해. 후야오는 자기 존재의의를 확인하기 위해. 아마츠는 나를 배신하기 위해. 그리고 나는 방에 틀어박히기 위해──. 뭐 이렇게 따로 노는 조직이 다 있을까. 별들에 비하면 웃음밖에 안 난다. 하지만 우리 의식은 한 곳을 향해 있다.

"자, 가자! 우리의 야망을 위해!"

"잠시만. 죽을 가능성이 있다면 사양하고 싶은데……."

"죽는 것도 하나의 흥이지! 그게 인생이란 거니까!"

"이봐, 잠깐……. 아마츠 살려줘어어어어!! 죽는다아아아아!!"

"멋대로 죽어. 난 돌아가지."

"넌 악마냐?!"

"당신도 와!"

나는 아마츠와 코르네리우스의 팔을 잡아끌며 문으로 뛰어들었다.

후야오와 트리폰도 늦지 않게 따라온 모양이다.

그렇게——, 의도치 않게 저세상 편이 막을 올리고야 말았다.

나의 이야기는 최종 국면을 맞는 것이다.

※

경사 지하에 감옥이 있다.

왕조에 반기를 든 대죄인을 수용해 두기 위한 시설. 이전에 테라코마리 건데스블러드가 악덕 승상 구도 시카이를 만나기 위해 찾은 곳이기도 했다.

그 최심부——, 가장 엄중한 경비가 깔린 구획에 키 큰 여자가 있었다.

로샤 네르잔피 전 군기대신.

바로 얼마 전 요선향을 들썩이게 만든 '사유(死儒)'다. 여전히 새카만 옷으로 온몸을 코디네이트하고 있다. 잡힌 지 며칠——, 담배는 하루에 한 대만 피우게 해 주기 때문에 요즘은 묘하게 머리가 멍하다는 게 고민이었다.

"같은 뜻을 둔 동료들은 오지도 않고……, 정말 허무하군."

'성채'의 동료들이 구하러 올 기색은 없다.

아니, 구하러 오지 못하는 것이다. 왜냐하면 네르잔피 이외의 멤버는 모두 저세상에서 활동하고 있으니까.

'사유' 로샤 네르잔피는 마핵 수집 담당.

'해주' 트레몰로 파르코스텔라는 저세상에서 파괴 공작을 담당한다.

'구인(柩人)' 네프티 스트로베리는 유세이의 호위 담당이다.

그리고 '유세이'는 맹주 담당.

……조금 더 인원을 이쪽으로 돌려줘도 되지 않았나?

냉정하게 생각해 보면 혼자서 마핵을 6개나 회수하는 건 무리하기 짝이 없는 일이다.

"뒷일은 동료들에게 맡기는 수밖에. 나는 이쯤에서 퇴장하자고──, 이런."

그때 네르잔피는 이변을 깨달았다.

촛불이 바닥에 비춘 자신의 그림자.

그것이 생물처럼 꿈틀거리는 것이다.

포영종은 자신의 '그림자'를 이계로 보낼 수 있는 허상의 종족이다. 네르잔피는 이 수단을 써서 저세상의 동료들과 연락을 취해 왔다. 그러나── 그림자를 쓰는 경우는 '거리'가 문제가 된다. 핵 영역의 중심부처럼 저세상과 가까운 장소가 아니라면, 자유롭게 조종하는 것은 불가능하다.

하지만 지금은 어째서인지 그림자가 활발해져 있다──.

그래. 마핵이 붕괴하면서 문이 열린 게 원인이겠지.

이 정도면 아직 자신에게도 할 수 있는 일이 있다.

네르잔피는 정신을 집중시켜 저세상의 상황을 살폈다. 역시 그쪽은 전란의 양상을 보인다. 사람들의 거대한 감정이 소용돌이치며 유세이를 성장시키는 에너지가 되고 있다.

그렇게 몇 시간 생각하는데 기다리던 사람이 찾아왔다.

캐주얼한 법의를 입은 떠돌이 비파 법사다.

네르잔피는 조용히 입을 열었다.

"——트레몰로. 이쪽은 작전에 실패했어. 테라코마리 건데스 블러드라는 흡혈귀를 만나면 반드시 살해해 줘."

끝없이 펼쳐지는 모래.

두 태양에 조금씩 타들어 가는 황토색 세계.

거인의 손으로 깎아낸 듯한 울퉁불퉁한 사구가 계속해서 이어진다. 눈앞에는 잘 알 수 없는 신기루 같은 것도 발생해 있다. 보기만 해도 정신이 이상해질 것 같다.

"더워……, 죽겠어……. 아직 3월이잖아……. 은둔형 외톨이에게는 너무 가혹해……."

"목이 마른데 코마리 님의 땀을 마셔도 될까요?"

"기분 나쁘니까 그만해……."

하이텐션에 딴지를 걸 기력조차 없었다.

──죽을 운명까지 앞으로 4일.

우리는 낙타를 타고 사막을 종단하고 있었다.

알카 왕국과 뮬나이트 제국 사이에는 '카레이드 제국'이라는 나라가 위치해 있는 모양이다. 국토 대부분이 사막인 건조 국가다. 뮬나이트에 가장 빨리 도착하기 위해서는 이 모래의 대지를 가로질러야 한단다.

참고로 낙타는 사막 입구에서 대여했다.

빌과 내가 한 마리, 에스텔과 코레트가 한 마리, 네리아가 한 마리.

벌써 한참을 걸었는데 낙타는 전혀 지친 기색이 없다. 왠지 미안한 마음이 든 나는 폭신한 털에 싸인 혹을 부드럽게 어루만졌다.

"샤를로트는 대단하네……. 나도 너처럼 체력이 좋으면 좋았을걸……."

"멋대로 이름 붙이지 마세요. 저쪽 마을에 도착하면 반환할 거니까요."

"뭐 어때. 여행길 동료인데!"

감정이 메마른 메이드다. 또 무더위인데도 찰싹 붙어 있는 변태 메이드이기도 하다.

옆에 있는 낙타에 올라탄 코레트가 "끄으응" 하고 분하다는 얼굴로 노려본다. 누구와 누가 함께 탈지는 동전을 던져서 정했다. 그녀는 빌 옆이 좋았겠지.

코레트는 이마의 땀을 에스텔의 등에 훔치면서 "저기, 네리아" 하고 물었다.

"뮬나이트까지 얼마나 걸릴 것 같아? 역시 오늘 중으로는 힘들겠지?"

"왜 저세상 출신인 당신이 이세계인인 나한테 묻는 거야……. 뭐, 지도에 따르면 1박은 해야겠네. 도중에 카레이드 제국의 수도가 있으니까 거기 들르자."

적의 군세는 우리 턱밑까지 다가왔다.

네리아는 '관문을 지날 때 길드 카드를 보여준 건 실수한 걸지도'랬다. 관문의 관리가 보고하면 우리 진로가 누설되기 때문이다. 그렇다고 강행 돌파하면 포박되어 군에 넘겨질 테니 사면초가지만.

참고로 코마리 클럽이 코레트를 확보하고 있다는 정보는 길드 쪽에서 새어 나갔을 가능성이 큰가 보다. 용병 등록을 한 그곳에 스파이가 섞여 있을지도 모른다.

나는 하늘색 소녀—— 코레트 뤼미에르를 바라봤다.

그녀는 뮬나이트 제국의 '무녀 공주'다.

그리고 운명에 농락당하는 가엾은 아이였다.

"——뭐야? 남의 얼굴을 빤히 보는 건 실례 아니야?"

"미안. 하지만 시간도 남겠다, 네 사정을 알고 싶어서. 몸만 덜렁 도망쳤는데 코레트가 어떤 처지의 사람인지 전혀 들은 게 없으니까."

"아아, 그거."

어째서인지 코레트는 거북한 듯 입을 빼쭉였다.

"신문에 나온 그대로야. 나는 뮬나이트 제국의 '무녀 공주'——, 뭐, 정확히는 차기 무녀 공주지만. 현 무녀 공주가 은퇴하면 제국의 수도로 올라가서 역할을 이어받게 되어 있었어."

"하지만 알카에 넘겨진 거지?"

"무녀 공주님이 예언했대——. '코레트 뤼미에르를 알카에 헌상하면 분쟁은 가라앉으리라' 같은 식으로. 정말 빌어먹을 인간이지. 분명 적당히 둘러댄 소리일 거야."

적당히 둘러댄 소리인지 어떤지는 둘째 치고 분명 부당하긴 하다.

빌이 "흐음" 하고 샤를로트의 고삐를 잡으면서 말했다.

"예언이란 즉 열핵해방이죠? 혹시 코레트 님도 같은 걸 할 수 있나요?"

"열핵해방? 아아, '능력' 말이지──. 그래, 이번 기회에 똑똑히 말해 두겠는데, 사실 나도 능력자야. 너무 떠들고 다니면 안 될 것 같아서 침묵했지. ……미안."

"사과할 필요 없어요. 하지만 코레트 님에게 신비한 힘이 있다니 놀랍네요."

"뭐─, 능력을 못 쓰면 무녀 공주로 발탁될 리가 없으니까. 최근의 뤼미에르가는 무녀 공주에 적합한 능력자가 전혀 없어서 조금만 재능이 있으면 나 같은 먼 친척의 평민까지 후계자로 맞이해."

"코레트도 예언을 했으면 잘 넘어갈 수 있었던 거 아니야?"

"내 능력은 예언이 아니야. 더 기분 나쁜 거지. 이런 재능은 원하지 않았는데……. 무녀 공주가 아니었다면 평화롭게 살 수 있었는데."

열핵해방은 본인의 노력이나 재능과는 무관하다.

코레트가 그 능력을 개화시킨 데도 무슨 의미가 있겠지.

"……실은, 내 소꿉친구가 무녀 공주가 될 예정이었어."

"소꿉친구……, 저와 같은 '빌헤이즈'라는 이름을 가진 분 말이군요."

코레트는 어젯밤 빌에게 자기 출생을 이야기한 모양이다. 참고로 네리아나 에스텔에게도 전했다. '딱히 숨길 일은 아니다'라고 한다.

"빌은……, 아아, 소꿉친구 빌 말이야. 그 아이는 요 100년 중에서도 유독 강력한 능력을 가지고 있었어. 언젠가 뮬나이트를 번영으로 이끌 무녀 공주가 될 것이라는 말을 들었지……. 하지만 남들의 압박을 견디다 못해 늘 울고 있었어. 근처에 살던 나는 슬쩍 그 아이에게 달려가 위로해 주었지."

"절친이었군요."

"응, 아주 절친했어. 둘이서 마을을 빠져나가 모험도 했지. 그 아이가 바다를 보고 싶다길래 배낭에 음식을 쑤셔 넣고 아침 일찍 출발했어. 곰을 만나고 벌레에 쏘이고 벼랑에서 떨어질 뻔하는 등, 힘들었지만 둘이서 바라본 저녁놀이 진 수평선은 정말 정신이 쏙 빠질 만큼 아름다웠지. 그 아이는 펑펑 울었어……지만 어른들에게 들켜서 끌려왔고 호되게 혼나서 이번에는 나도 함께 펑펑 울었어."

신기루는 어느새 사라져 있었다.

대신 나타난 것은 '빌'과 코레트가 손을 맞잡고 바다로 향하는 영상.

심약한 '빌'은 쭈뼛거리고 있다. 그녀의 손을 잡아끄는 것은, 늘 발랄한 성격의 코레트다. 두 사람은 수많은 장해를 뛰어넘어 모험을 이어 나간다……. 그러나 왠지 '빌'의 모습이 메이드 빌로 재생되었다. ……안 돼, 더위에 머리가 이상해졌다.

"하지만 평화는 오래 가지 못했어."

코레트는 슬픈 듯 한숨을 내쉬었다.

"심한 전란이 있었거든. 마을이 불타고 우리는 함께 도망쳤지. 하지만 폭풍우 때문에 서로를 놓쳐서 그 이후 쭉 떨어져 지냈어. 나는 쭉 찾고 있어⋯⋯. 낮에도 밤에도 쭉⋯⋯. 왜냐하면 소중한 친구였으니까. 하지만 전혀 찾질 못했고⋯⋯ 빌은 죽은 게 되었어."

"죽어? 왜."

"그야, 계속 찾아도 소용없으니까 그렇지. 물론 나는 인정하지 않았어. 마을 사람들은 그만 포기하라고 여러 번 말했어. 하지만 포기할 수 없었지. ⋯⋯그러는 사이 나에게 능력이 개화했어."

열핵해방은 마음의 힘.

뭔가를 원하는 강한 마음은 세상을 바꾸는 원동력이 된다.

"죽은 사람의 혼을 불러오는 '강령' 능력이야. 나도 마음속으로는 '빌은 죽었을지 몰라'라고 생각했겠지. ⋯⋯이 힘을 써서 빌을 불러오려고 했지만 불가능했어. 빌이 어딘가에 살아 있다는 걸 알고 기뻤지."

"⋯⋯⋯⋯."

우리는 아무 말도 할 수 없었다.

이 소녀의 '빌'을 향한 마음은 나 따위가 감히 상상도 못 할 만큼 거대하다.

"즉 나는 사라진 빌 대신 차기 무녀 공주가 된 거야. 하지만 안 맞아. 능력도 빌에게는 전혀 못 미치는데⋯⋯."

"'빌'의 능력은 어떤 거였어?"

"미래를 보는 힘이야."

철렁했다.

빌과 네리아가 움찔해서 코레트를 바라본다.

"하지만 자세한 부분은 몰라. 무녀 공주의 능력은 남용해서는 안 된다는 규칙이 있어서 그 아이는 그걸 성실하게 지켰거든. 나도 본 적이 없어. 여러 번 내 미래를 점쳐 달라고 부탁했지만 계속 퇴짜만 놨어."

"…………."

"아아―, 빌이 미래를 점쳐 준다면 마을의 비극도 막을 수 있었을지 모르는데. ……뭐, 그렇게 말해 봤자 아무 소용없겠지. 그 아이는 규칙을 제대로 지키는 성실한 아이였는걸. 나는 빌의 그런 점이 좋았어."

코레트의 미소는 허무하다.

나는 복잡한 심정으로 낙타 위에서 흔들렸다.

☆

카레이드 제국 수도에 도착한 것은 날이 저물기 직전이었다.

성문을 지나자 곳곳에서 좋은 카레 냄새가 풍겼다. 내 배가 멋대로 '꼬륵' 하고 울렸다. 코레트 말에 따르면 카레이드 제국의 개조(開祖)는 카레를 매우 좋아했다나 보다. 왕명에 따라 카레가 국민 음식으로 지정되어 있다나 뭐라나.

어수선하게 늘어선 적갈색 건물 사이를 지난다.

빌린 낙타를 일단 반환해야 했다.

가게에 도착하자 나는 샤를로트의 고삐를 담당자에게 넘겼다. 샤를로트는 어슬렁어슬렁 축사로 돌아가――는 줄 알았는데, 어째서인지 내 얼굴을 물끄러미 바라봤다.

"샤를로트? 왜 그래? 오늘은 푹 쉬어."

"나는 샤를로트가 아니야."

"뭐??"

"나는 샤를로트가 아니라고 했다."

"……………."

신의 목소리를 들은 건가 싶어서 하늘을 올려다본다. 그러나 그곳에는 아름다운 석양이 진 하늘이 펼쳐져 있을 뿐이었다. 매우 이상한 기색을 알아차린 나는 다시 낙타 쪽으로 시선을 돌렸고, 그 입에서 인간의 목소리가 나오는 것을 확인한 순간 졸도할 뻔했다.

"당신이 그 '초저녁의 영웅'의 딸인가. 이런 곳에서 만날 줄이야……."

"――이봐, 얘들아?!?! 샤를로트가 말을 하고 있는데?!?!?!"

허둥지둥 뒤에 대고 소리친다. 동료들은 나를 두고 레스토랑을 찾기 시작했다. 빌만이 어안이 벙벙한 모습으로 "네?" 하고 돌아봤다.

"코마리 님, 더위 먹으셨나요? 알겠습니다. 저기 카레맛 소프트아이스크림을 팔고 있으니 사 오죠. 그리고 저와 번갈아 할짝할짝하죠."

"아니, 그것보다……."

"빌! 꼬마는 아무래도 됐고 가자."

코레트가 빌에게 팔짱을 끼더니(!) 끌고 가 버렸다.

네리아나 에스텔에게는 애초에 들리지 않은 모양이다. 나는 머뭇머뭇 뒤를 돌아봤고——, 그곳에는 샤를로트였을 낙타가 태연한 태도로 서 있었다.

"당신이 테라코마리 건데스블러드 맞지?"

"그, 그런데요?! 저, 당신은 누구시죠……?"

"나는 용병단 '풀문'의 간첩이다. 임대용 낙타로 변장해 전황을 살피고 있지. 뭐 이런 우연이……. 아니, 필연인가. 분명 어머니를 많이 닮았군……."

나는 샤를로트의 고삐를 쥐고 있는 담당자를 바라봤다.

이봐, 괜찮겠어? 댁의 낙타가 쏼라쏼라 떠드는데?

그러나 그는 미동조차 하지 않고 싱글벙글 웃고 있었다. 누가 봐도 괜찮지 않아 보이는 느낌이 든다.

"걱정하지 마. 이자도 '풀문'의 일원이야. 내 부하이기도 하지."

"아니, 걱정해야지. 왜 샤를로트는 말할 수 있는 건데?"

"나는 평범한 낙타가 아니라 수인종이야. 말해도 이상할 게 없지."

단순한 낙타와 수인종의 구별이 안 가는데…….

대체 뭐야, 이 녀석들…….

"으음……. 나를 아는 거야?"

"알고말고. 당신 어머니는 우리 보스 유린 건데스블러드니까."

"뭐? 유린……, 엄마?! 너는 엄마랑 아는 사이야?!"

"그래. 월급 용병단 '풀문'——. 전란을 진정시키기 위해 세상을 누비는 정의의 집단. 그 리더가 건데스블러드 님이다."

"뭐…………."

"우리 단원 키르티에게 들었어. 당신은 그쪽의 요선향에서 발생한 마핵의 붕괴에 말려들어 이쪽으로 이동했다던데. 그쪽에서는 수색대까지 구성한 것 같지만……. 그래, 무사하단 걸 알았으니 일단 안심이야. 보스도 당신을 걱정했어."

샤를로트는 진심으로 안심한 것처럼 콧김을 내뿜었다.

나는 머리가 정리되지 않아 마네킹처럼 우뚝 서 있었다.

멀리서 네리아가 "잠깐, 코마리~! 얼른 와~!"라고 소리치고 있다.

☆

샤를로트는 "뮬나이트에 있는 보스에게 비둘기를 보내두지"라고 말했다.

내가 무사하다는 걸 엄마에게 전해주겠다는 것이다.

월급 용병단 '풀문'. 그들은 세계를 평화롭게 만들기 위해 다양한 활동을 하고 있는 모양이다. 엄마처럼 검을 들고 싸우는 자가 있는가 하면 샤를로트처럼 뒤에서 부지런히 정보를 수집하는 자도 있다.

낙타의 입에서 전해진 정보는 큰 충격을 가져다주었다.

특히 '엄마가 제도에 있다'라는 확실한 정보는 내 마음에 희망의 불꽃을 밝혀 주었다. 이로써 걱정 없이 뮬나이트로 향할 수 있다. 제도에만 도착하면 이 절박한 상황도 어떻게든 될지 모른다.

하지만 안심할 일만은 아니다. 샤를로트 왈——.

"——동료 말에 따르면 알카의 군세는 '코마리 클럽'을 추적하고 있어. 무녀 공주에게 그렇게까지 집착하는 건 조금 이해가 안 가지만……. 그러나 녀석들은 중립 도시를 차례차례 함락하고 맹진하고 있다나 봐. 당신들의 동향은 알카의 관문 때문에 누설됐으니까 내일이나 모레면 이 마을에도 도착하겠지."

"우리는 어떡하면 좋지? 이제 다 같이 저녁을 먹을 건데, 샤를로트도 같이 가지 않을래?"

"아니, 그건 사양하도록 하지. 아쉽게도 내가 줄 수 있는 정보는 많지 않거든. 당신은 지금까지처럼 제도로 가면 돼. 보스를 만나면 원래 세계로 돌아갈 방법도 알 수 있겠지. 그리고 나는 샤를로트가 아니야."

"그래……. 내일도 샤를로트를 탈 수 있는 거지?"

"예정이 맞으면. 그리고 나는 샤를로트가 아니야."

"그럼 누군데."

"샤를이야."

나는 샤를로트와 헤어져 일행이 있는 곳으로 갔다.

그는 우리 여정에 큰 의미를 주었다. 제도까지 가면 확실히 돌아갈 수 있다——. 이 절대적인 안도감은 무엇과도 바꾸기 어렵다. 오늘은 기분 좋게 잘 수 있겠지.

그렇다지만 모든 불안이 해소된 건 아니었다.

지금 내가 생각해야 할 사항은 크게 나누어 세 가지였다.

하나, 원래 세계로 돌아갈 수 있을지 어떨지.

둘, 코레트에게 빌을 빼앗기지 않을지.

셋, 죽음의 운명은 어떻게 피할 수 있을지.

"……후반의 두 개가 속수무책이네."

"이런, 코마리 님. 기운이 없어 보이시니 카레를 입으로 옮겨서 먹여드릴게요."

"우와아아아?! 네 거 매운 거지?! 못 먹어!!"

"문제는 그게 아니잖아."

네리아가 냉정한 태클을 날린다.

우리는 카레이드 제국의 카레 집에서 카레를 먹고 있었다.

야외에 설치된 6인석이다. 앞쪽 무대에서는 민족적인 의상을 입은 무희가 경쾌하게 춤추고 있었다. 하늘은 완전히 보랏빛으로 물들어 있다――. 그러나 길을 걷는 사람들의 수는 전혀 줄지 않는다. 무대 음악에 맞춰 크게 들썩이고 있다.

주변을 두리번거리고 있던 에스텔이 "그렇군요" 하고 의미심장하게 고개를 끄덕였다.

"저세상은 한 나라에 한 종족만 있는 게 아니로군요. 흡혈귀에 전류……, 그 밖에도 많아요."

"오히려 한 나라에 한 종족만 있는 경우가 더 적어."

코레트가 스푼으로 카레를 뜨면서 말했다.

"그보다……, 저기, 빌. 당신 늘 그런 느낌이야?"

전원의 시선이 빌에게 쏠린다.

변태 메이드는 소스 병을 구사해서 내 카레에 '코마리 님 너무 좋아♡'라는 글자를 써놨다. 뭐 하는 거야, 너. 무단으로 소스를 뿌리다니 전쟁이 발발해도 이상할 게 없다고.

"……코레트 님. '그런 느낌'이란 게 무슨 뜻인가요?"

어째서인지 빌은 우뚝 움직임을 멈추더니 말했다.

"테라코마리에게 찰싹 붙어 있다는 뜻이야! 나는 또 그 녀석에게 강요당하는 줄 알았는데 왠지 그런 게 아닌 것 같아서."

"코레트 말이 맞아. 이 녀석은 변태 메이드야."

"오해예요, 코레트 님. 전부 코마리 님의 명령입니다."

"그럴 리가 있냐!!"

"이것만은 빌을 못 믿겠어."

코레트는 빤~히 빌을 바라보고 있었다.

빌은 "윽……" 하는 식으로 눈을 피했다. 이 녀석치고는 보기 드문 반응이군……. 틀림없이 '변태인데 무슨 문제라도?'처럼 정색할 줄 알았는데.

"뭐, 상관없지만."

코레트가 마요네즈(?)를 카레에 주입하면서 중얼거렸다.

"설령 변태라도 빌은 내 생명의 은인이니까."

"외람되지만 코레트 님, 저는 변태가 아니에요. 그건 이 자리에 있는 세 분도 동의하실 거예요. 그렇죠? 여러분."

"변태잖아"라는 네리아.

"당연히 변태지"라는 나.

"으음……" 하고 우물거리는 에스텔. 그러나 그렇게 반응하는 시점에서 메이드의 행위를 어떻게 보는지 다 티 난다.

"너무해요."

빌이 우는 척했다.

너무하다 싶으면 사쿠나를 본받아. 그 아이는 THE 청초니까.

코레트가 "참 나" 하고 한심하다는 듯 빌을 노려봤다.

"변태 취급 당하기 싫으면 징그러운 짓은 이제 그만둬. ……봐, 테라코마리도 곤란해하잖아."

"……죄송합니다. 코마리 님. 무신경했군요."

"어? 아."

빌은 자기 그릇과 내 그릇을 멋대로 교환해 버렸다. 게다가 스푼으로 카레 표면을 갈아 '코마리 님 너무 좋아♡'라는 글자를 지워 버린다.

갑자기 모래를 머금은 미적지근한 바람이 불었고 나는 살짝 눈을 내리떴다.

땅거미는 한층 짙어져 있었다. 스테이지의 곡명이 정열적인 것으로 변한다. 그에 맞춰 무희의 춤도 더욱 격렬해진다. 그들이 연속으로 공중제비를 선보이자 객석에서 박수갈채가 일었다. 네리아와 에스텔도 "굉장해―!" 하고 손뼉을 치며 크게 기뻐하고 있다.

나는 건성으로 박수를 치면서 슬쩍 빌과 코레트 쪽을 살폈다.

빌이 날 대상으로 한 성희롱을 반성하는 건 처음 있는 일이었다.

코레트에게는 변태 메이드를 제정신으로 되돌리는 힘이 있는 것이다.

역시 찜찜하다.

기분 좋게 잘 수 있을 리 없었다.

☆

밤. 도저히 잠이 안 와서 나는 침대에서 빠져나와 베란다로 나갔다.

시가지 쪽에서는 아직 떠들썩한 소란이 이어지고 있는지 열광적인 선율이 희미하게 귓가를 간질였다. 카레이드 제국은 내가 아는 어떤 나라보다 밝고 떠들썩했다.

나는 밤하늘을 올려다보면서 생각에 잠겼다.

머릿속을 맴도는 것은 저세상, 엄마, 그리고…… 코레트다.

코레트 뤼미에르는 내 마음을 어지럽힌다.

"──코마리 님, 슬슬 쉬시는 게 좋지 않을까요."

빌이 뒤에 서 있었다. 숙소에서 빌린 얇은 파자마를 입고 있다. 나는 어째서인지 불편해져서 눈을 돌렸다.

"……너야말로 자지 그래? 내일 일찍 깨야 하잖아."

"안는 베개가 없어서 못 자겠어요."

"자연스럽게 나를 안는 베개 취급하지 마."

"아뇨, 제가 평소 쓰는 어묵 모양 안는 베개 이야기인데요……."

"…………………………………."

……이봐. 바보. 바보 녀석. 왜…… 왜 변태 메이드 주제에 평범한 말을 하는 거야? 꼭 내가 나를 자연스럽게 안는 베개 취급하는 것 같잖아.

우선 방금 그 대화는 없었던 걸로 하자.

메이드는 아무 말 없이 내 옆으로 왔다. 카레이드 제국의 소란스러운 야경에 눈을 내리뜨고는 "아직 적은 안 오네요" 하고 살벌한 말을 한다.

"오늘 밤은 푹 쉬죠. 내일은 싸우게 될 가능성이 크니까요."

"싸우고 싶지 않아. 나는 도망칠래."

"약한 소리를 하시면 어떡해요. 에스텔이 들으면 신나서 하극상을 벌이겠어요."

"에스텔은 그런 짓 안 할걸……."

문득 방 쪽을 돌아본다. 동료들은 침대에서 푹 자고 있었다. 관에 든 시체처럼 바른 자세로 잠든 에스텔. 그 에스텔의 목에 매달려 곤한 숨소리를 내는 코레트. 그리고 배를 내놓고 베개에 다리를 올린(즉 위아래가 반대로 된) 네리아. 저 녀석 잠버릇은 어떻게 돼 먹은 거야. 감기라도 걸리면 어쩌려고…….

어쨌든 깨어 있는 건 나와 빌 둘뿐이다.

나는 자연스러움을 가장해 이야기를 꺼냈다.

"빌은, 코레트를 어떻게 생각해?"

"네?"

"아니, 뭐. 딱히 아무래도 상관은 없는데. 네가 그 녀석이랑 사이좋게 지내더라도 나는 아무 생각 없는데 말이지. 오히려 너에게 친구가 생겨서 기쁠 정도거든."

빌이 히죽 웃었다.

……뭐야, 그 얼굴? 놀리는 건가?

"혹시 코마리 님은 질투하시는 건가요? 저를 코레트 님께 뺏기지 않을까 불안한 건가요? 메이드가 너무너무 사랑스러워서 참을 수 없는 건가요?"

"아니야! 상사로서 확인하고 싶었을 뿐이야!"

"걱정하지 않으셔도 저는 코마리 님의 메이드예요. 설령 세상이 뒤집히더라도 당신 곁을 떠날 일은 없어요──. 응?"

거기서 빌이 힐끗 내 표정을 살폈다.

내가 어떤 표정을 짓고 있었는지는 모르겠지만, 그녀는 "어머나" 하고 어이없다는 듯 웃었다.

"의외로 심각한 느낌이네요──. 괜찮아요, 코마리 님. 고민하실 것 없어요."

"하지만."

"잊으셨어요? 저를 어둠 속에서 구해주신 건 코마리 님이에요. 그 후로 쭉 코마리 님을 연모했어요. 그리고 그 마음은 여러 어려움을 직면할 때마다 더욱 강해졌죠. 저는 아무 데도 안 가요."

"…………."

"그렇게 의심하는 눈으로 가만히 바라보셔도 곤란한데…….어쨌든 제가 코마리 님을 모시는 건, 당신의 올곧은 다정함에 매료되었기 때문이에요. 그런 코마리 님이 세계를 정복하는 모습을 저는 바로 옆에서 지켜보고 싶어요."

"나는 다정하지 않아. 또 세계 정복도 안 해."

"미래는 모를 일이죠."

빌은 "아아, 맞다. 맞아" 하고 생각났다는 듯 말한다.

"미래라고 하면 저의【판도라 포이즌】으로 예지된 죽음의 운명도 바로 코앞에 다가와 있었죠. 하지만 안심하세요. 코마리 님의 목숨은 제가 평소처럼 지킬 테니까요."

"괜찮겠어? 내가 죽는 영상을 똑똑히 봤잖아……?"

"실은 코마리 님이 죽는 영상은 지금까지 대여섯 번 본 적이 있어요."

"그래?!"

"하지만 전부 미연에 회피해 왔죠. 이번에도 같을 거예요. 어떤 상황에서 죽는지 모르는 게 난점이지만……."

아무래도 불온한 분위기가 난다. 하지만 빌이 괜찮다면 괜찮겠지.

예언의 순간까지 시간이 있다. 벌써부터 '죽기 싫다!'라고 난리를 피워봤자 의미는 없겠지.

문득 쓴웃음을 지었다. 과거의 나였다면 울며불며 방에 틀어박혔을지 모른다. 살벌한 이벤트에 적응했다……는 것도 물론 있겠지만, 그 이상으로 동료들을 향한 신뢰가 쌓인 것이다. 이건 행복한 일이라고 나는 생각한다.

"……나는 아무 걱정 안 해도 되는 거지?"

"당연하죠. 저는 코마리 님을 우주에서 가장 사랑하니까요. ──저세상의 문제가 정리되면 같이 저쪽의 뭎나이트로 돌아가죠."

"…………그래. 고마워."

마을의 음악은 어느새 끊겨 있었다. 슬슬 잠들 시간이겠지.

눈앞에는 다정한 눈으로 나를 내려다보는 메이드가 서 있다.

나는 잠깐 주저한 다음, 그녀의 손을 살며시 잡았다.

"어? 저기, 코마리 님……."

"앞으로도 잘 부탁해. 나는 졸리니까 이만 잘게."

"어──, 아, 네."

나는 빌의 손을 놓고 쏜살같이 방으로 돌아왔다.

어째서인지 마음이 들뜬다. '졸리다'라는 것은 거짓말이고 실은 눈이 너무 말똥말똥했지만, 들떠 있는 자신을 확인하기는 약간 그랬다. 나는 내 침대로 기어들어 가 눈을 꾹 감고 양을 세기 시작했다.

베란다 쪽에서 빌의 속삭임이 들렸다.

"코마리 님이…… 부끄러워했다……? 이 세상이 끝나는 건가……?"

부끄러워한 적 없어. 그건 부하를 향한 신뢰의 표현 같은 거야.

……다만 빌에게만 정신이 팔려 있어서 몰랐다.

에스텔 옆에서 곤히 자고 있었을 코레트가 문득 뒤척인다. 그 두 눈은 놀라움과 당혹감으로 크게 뜨여 있었다.

☆

다음 날 아침, 우리는 태양이 미처 다 뜨기도 전에 출발했다.

침대 속에서 "1시간만 더~" 하고 거북이처럼 끄떡도 하지 않는 네리아를 두들겨 깨우는 데 1시간이 소요됐지만, 그 정도는 오차 범위 내에 들겠지.

──죽을 운명까지 앞으로 3일.

사막을 하루만 걸으면 뮬나이트로 가는 관문에 다다른다. 여전히 해가 쨍쨍 내리쬐는 지옥 같은 광경이다. 적은 아직 이쪽까지 오진 않았나 본데, 네리아 말로는 '역시 카레이드 제국의 영토까지 공격하진 않는 거 아니야?'라고 한다.

사막의 행군은 큰 트러블 없이 끝났다.

해가 저물기 전에 관문에 도착한 우리는 길드 카드를 제시하고 카레이드 왕국을 나섰다.

이 앞은 뮬나이트 제국──, 즉 코레트의 고향이다.

관문 부근엔 작은 거리가 있었다.

우리는 낙타를 데리고 대여점으로 향했다.

참고로 샤를로트는 어째서인지 가는 내내 한마디도 하지 않았다. 내가 아무리 "이봐", "뭐라고 좀 해봐", "오늘도 덥네"라고 해도 무언을 고집했다. 그 탓에 나는 '낙타에게 말을 거는 이상한 사람' 취급당하고야 말았다. 유감이다.

"샤를로트에게 작별 인사를 하고 올 테니까 기다려"라고 모두에게 말한 뒤, 나는 접수처로 향했다.

어쩌면 이 녀석에게는 '많은 사람 앞에서는 떠들어선 안 된다' 같은 룰이 있을지도 모른다.

"……이봐, 샤를로트. 왜 말을 안 해?"

"나는 샤를로트가 아니야."

평범하게 말하잖아, 이 녀석…….

그는 "흐음" 하고 코웃음을 치더니 나불나불 말을 이었다.

"참고로 왜 말을 하지 않았느냐면 기밀 유지 때문이야. 나는 단순한 임대 낙타로서 간첩 활동 중이거든. 너무 많은 사람에게 정체를 들키긴 싫어."

"역시나. 하지만 내가 '이 녀석, 말을 해!'라고 퍼트리면 어쩌려고?"

"당신이 미친 사람 같아 보일 뿐이야."

일리 있군. 나는 진지하게 납득했다.

"그럼—— 오랫동안 수고했어. 나는 카레이드 제국 담당이라 뮬나이트까지 따라갈 순 없어. 이 앞의 여정이 유쾌하고 의미 있기를 빌지."

"고마워."

나는 샤를로트의 머리를 쓰다듬었다.

"샤를로트 덕분에 희망이 샘솟았어. 우리는 엄마에게 갈 텐데……, 너는 이제 어쩔 거야?"

"계속 간첩으로 있어야지. 알카 왕국뿐만 아니라 '성채'의 움직임도 주시해야 하니까."

"성채?"

"월급 용병단 중 하나야. 그래, 맞아——. 이것도 전해둘 걸 그랬군. 국가 간의 분쟁으로 저세상은 혼돈에 빠졌는데, 그걸 뒤에서 조종하고 있는 듯한 게 이 성채야."

문득 뭔가가 걸렸다.

지금까지의 나였다면 '흐음~' 하고 넘겼겠지.

그러나 화촉 전쟁에서 실패한 경험 덕에 주의력이 조금 향상됐다.

성채.

어디선가 들어본 적 있다……. 그래, 요선향에서 벌인 마지막 싸움. 갑자기 등장한 카루라의 오라버니가 이런 혼잣말을 중얼거렸다.

――꼴이 심각하네. 성채 녀석들은 정도껏이라는 것을 모르거든.

"네르잔피? 그 녀석의 조직 말이야……?"

샤를로트가 큰 눈을 깜빡였다.

"그래. '사유' 로샤 네르잔피는 성채의 일원. 하지만 그 녀석은 이미 너에게 깨졌지. 현재 문제가 되는 건―― 수괴인 '유세이'. 아니, 그보다 직접적으로 활동하고 있는 '해주' 트레몰로 파르코 스텔라 쪽이 더 중요한가. 이 녀석은 저세상에 분쟁을 일으키기 위해 암약하고 있는 듯해."

"뭐……?"

"이름과 얼굴이 알려진 후에도 여전히 뻔뻔스레 악행을 벌이는 강자야. 녀석의 목적은 '무익한 싸움을 벌이는 것'. 각국 요인에게 빌붙어 전쟁이 벌어지도록 손을 쓰고 있지. 터무니없는 냉혈한에 호전적인 인간이라 말이야……. 눈에 띄면 즉시 찢겨 죽을걸."

뜻밖에 귀에 익은 이름이 나와서 깜짝 놀라고야 말았다.

트레몰로 파르코스텔라. 그건 첫 마을에서 나를 구해준 비파 법사다.

☆

카레이드 제국을 넘자 계곡의 풍경이 펼쳐졌다.

사막은 갑자기 끝을 고했다. 꼭 이계에 발을 들인 듯한 기분이다. 그도 그럴 것이, 지도로 보면 카레이드 제국 영토만 어째서인지 모래투성이가 되어 있는 것이다. 대체 어떤 이유로 그렇게 됐는지 궁금하기도 하다.

울퉁불퉁한 길을 다섯이서 걷는다.

근처에 강이 흘러서인지 계곡의 공기는 시원했다.

실은 관문 부근에서 하룻밤을 묵으면 좋았겠지만 알카 녀석들이 언제 습격해 올지 모르는 상황상, 한곳에 머무르는 건 그다지 바람직하지 못하다. 밤까지 걸으면 계곡의 마을에 도착한다니까 우리는 조금만 더 힘을 내보기로 했다.

"──그러니까 샤를로트가 그랬대도. 트레몰로는 '성채'라는 못된 용병단의 멤버래. 네르잔피의 동료랬어."

"하지만 그 비파 법사는 우리를 도와줬는데? 신원을 알 수 없는 말하는 낙타와 법사 중 누굴 더 신용할 수 있겠어?"

"……."

네리아와 나란히 선두를 걷는다.

아까부터 트레몰로에 관해 설명 중인데 네리아는 완고하게 믿지 않았다──, 그보다 오히려 논파당하고 있다. 분명 그 착해 보이는 비파 법사가 살인귀의 동료라고 해도 바로는 믿기 어렵겠지.

덧붙여 빌이나 코레트는 애초에 안 듣고 있다. 뒤에서 수수께끼를 내면서 놀고 있다. 유일하게 믿을 만한 에스텔은 코레트가 낸 '사면 후회하는 의자가 뭐게~?'라는 난문의 답을 알지 못해 머리를 싸매고 있었다.

"누가 적이고 누가 우리 편인지 몰라. 우리는 전혀 사정을 모르고 있어──. 어쨌든 제도로 가는 수밖에 없다고."

네리아가 한숨과 함께 그렇게 말했다.

분명 트레몰로 문제는 아무리 생각해도 수가 없을지 모른다.

역으로 그녀가 악인이라고 하더라도, 지금의 우리로서는 아무 것도 할 수 없으니까 말이다.

"……뭐 그렇지. 엄마를 만날 수도 있고."

"그러게. 다시 선생님을 만날 수 있다니 꿈만 같아."

네리아는 기뻐 보였다. 알카 왕국 시절, 이 녀석은 우리 엄마의 제자였다.

"나는 코마리를 부탁받은 몸이니까. 당신이 얼마나 성장했는지 보여주고 싶어. 몸은 전혀 성장하지 않았지만, 분명 선생님도 다리에서 힘이 풀릴 정도로 놀랄 거야."

"네리아 자신은 어때?"

"뭐?"

"엄마를…… 선생님을 만나면 어쩔 거야?"

"그러게."

조금 어색한 미소를 띠며 그녀는 말한다.

"알카를 되찾고 대통령이 됐다고 전하고 싶어. 선생님의 가르침을 잘 지키고 있는지 확인받고 싶어……. 혼나진 않을지 걱정스럽지만."

"괜찮겠지. 엄마는 지금의 너를 보면 분명 기뻐할 거야."

네리아가 동그래진 눈으로 나를 바라본다.

"너는 늘 대통령으로서 애쓰고 있잖아? 요선향에서는 네르잔피의 꼭두각시 공격을 이겨냈고, 저세상에서도 우리를 이끌어 주고 있어. 네가 없었다면 다들 알카 병사에게 당했을 거야."

"……하, 하지 마. 갑자기."

네리아는 얼굴을 붉히며 시선을 돌려 버렸다.

보기 드문 반응이라 흥미가 동했다. 분홍색 대통령은 배낭을 다시 짊어지더니 시선을 앞으로 돌렸다. 자기 머리를 비비 꼬면서 창피한 듯 말한다.

"나는 당연한 일을 하는 거야. 그게 내 역할이니까……."

"하지만 그건 굉장한 일이라고 보거든? 나는 나에게 주어진 일도 만족스레 해내지 못하는데. 나도 네리아처럼 적극성과 리더십을 가진 사람이 되고 싶어……."

"으…………."

어째서인지 부끄러운 듯 입을 꾹 다문다. 영명한 '월도희'답지 않은 반응이다.

그러나 가만히 관찰하다가 나는 문득 알아차렸다.

"……혹시 네리아는 직구로 칭찬받는 데 익숙하지 않은 거야?"

"하, 하지만!"

네리아는 한없이 정직했다. 그것만은 매우 그녀다운 반응이라고 나는 생각한다.

"하지만…… 그렇게 말해 주는 사람이 주변에 없는걸……."

"그래? 게르트루드는 네리아를 칭찬할 것 같은데."

"그건 미묘하게 달라. 게르트루드나 레인즈워스는 내 메이드야. 그러니까 칭찬하는 게 당연해. 하지만 코마리처럼 나와 대등한 친구가 그렇게 말하면…… 왠지 근질근질해. 어쩔 거야, 책임져."

그래, 그래. 이 작은 대통령에게도 여러 사정이 있구나.

생각해보면 네리아에게는 민폐만 끼쳤다. 감사의 뜻을 담아 지금은 전력으로 칭찬해 두도록 하자——. 나는 싱긋 웃으며 네리아의 분홍색 머리에 손을 얹었다.

"네리아는 대단해! 노력하고 있어! 네리아 덕에 오늘도 밥이 맛있어! 고마워, 네리아——. 옳지, 옳지."

"뭐……, 쓔……, 쓰다듬지 마아아아아아아아아아아아아아!!"

고양이의 단말마 같은 비명을 지르며 네리아가 몇 걸음 후퇴했다.

나는 공중에 손을 띄운 채 멀뚱히 서 있는다. 네리아는 얼굴을 새빨갛게 붉힌 채 나를 노려봤다.

괜찮아, 너? 캐릭터 붕괴한 거 아니야?

"당신은 손짓이 선생님을 닮았어! 여동생 주제에 잘도 이런 짓을!"

"여, 여동생……? 내가 언제 여동생이 됐는데?!"

"전부터 쭉 말했잖아. 선생님의 아이라면 내 여동생 같은 거라고."

"아니, 위아래를 따지자면 내가 언니지! 내가 더 어른스러운 정신을 가졌으니까……. 그보다 뭐야! 서슴없이 만지지 마!"

"복수야! 여동생은 얌전히 언니에게 쓰다듬음이나 받으면 돼! 옳지, 옳지, 옳지, 옳지."

이 녀석, 정말 가차 없이 쓰다듬고 있군.

……뭐 됐다. 기분 좋으니까 네리아가 만족할 때까지 방치하자.

여동생이 하고 싶은 일을 자유롭게 하게 두는 것이 언니로서의 여유다——. 그렇게 생각하는데 갑자기 빌이 쑥 끼어들었다. 뺨을 부풀린 게 기분이 언짢아 보인다.

"꿍냥꿍냥하지 마세요. 마을이 보여요."

우리는 놀라서 앞을 봤다.

움푹 팬 부분에 수많은 건물 그림자가 보인다.

저게 뮬나이트 제국의 첫 마을, 즉 오늘 밤의 숙박지다.

뒤에서 에스텔이 "이거 문제가 이상한 거 맞죠?!"라고 소리쳤다. 코레트는 "이제 알았어?! 에스텔은 둔하네" 하고 웃었다. 저 둘은 의외로 사이가 좋은 모양이다. 우선 싸움이 벌어지지 않기를 바라자.

"──자, 가시죠. 코마리 님. 오늘 밤은 함께 자요."

"그래. 함께…… 잘지 말지는 생각해볼게."

"응? 부끄러움은 이제 그만 타시는 건가요?"

"그런 건 애초에 탄 적 없어! 가자!"

슬슬 하늘에 별이 반짝일 시간대다.

우리는 언덕을 내려가 마을로 향했다.

☆

그러나 우리 기대는 단숨에 배신당하고야 말았다.

분명 마을이긴 하다. 그러나 인기척이 전혀 없었다. 아무리 가도 사람이 없다. 게다가 도로나 건물 곳곳에 균열 같은 것이 가 있다──. 즉 파괴된 것이다.

나는 상점 처마 밑에 진열된 상품을 봤다.

채소나 과일이 썩어서 심한 악취를 풍기고 있다. 아무래도 영업하지 않나 보다. 붕붕 날아다니는 파리에 놀란 에스텔이 "히약" 하고 비명을 질렀다.

"저, 저기…… 각하? 여긴 정말 마을인가요……?"

"아무리 봐도 마을인데, 왠지 잊혀진 장소 같네……."

"며칠 전에 전화에 휩쓸렸겠지."

네리아가 지도를 노려보면서 말했다.

"실은 관문에서 엿들었어. 뮬나이트 남방에서 알카나 기타 나라의 군대가 날뛰는 듯하다고……. 조금 더 들어서 조사해 둘

걸 그랬네."

"그게 뭐야……. 타국의 군대가 멋대로 들어왔다고? 관문의 의미가 없잖아."

나는 오싹해서 주변을 둘러보았다.

별빛에 비친 폐허의 마을. 군대가 약탈을 한 걸지도 모르겠다. 집들의 문은 파괴되었고 누군가가 억지로 침입한 흔적이 역력했다. 어딘가에 시체가 굴러다니고 있을 것 같아서 무심코 몸서리를 쳤다.

"……우리 마을과 같아."

코레트가 불쑥 중얼거렸다.

"놈들은 갑자기 나타나서 우리의 생활을 산산조각 냈어. 그 탓에 많은 사람이 슬퍼하고 있는데……, 나와 '빌'도……."

"코레트 님. 제가 할 말은 아니지만, 계속 생각해도 소용없는 일이에요. 오늘은 빨리 쉬죠."

빌이 코레트 등을 어루만진다. 그녀는 침통한 표정으로 "응"이라고 수긍했다.

하지만 쉬자고 해도 말이지……. 멋대로 여관에 침입해도 될까? 예를 들어 에스텔이 '무임 숙박은 안 됩니다!'라고 말하며 노숙을 시작할 것 같은데.

그런데 네리아에게서 뜻밖의 제안이 날아들었다.

"기왕이면 별을 보면서 자지 않을래? 잡화점에서 침낭을 훔쳐왔어."

"뭐? 훔쳐 왔어?"

"아차! 잡화점에서 침낭을 주워 왔어!"

아무래도 굳이 노숙이라는 선택을 취하려나 보다.

불법 침입이나 절도나 범죄인 것에 변함은 없지만……. 뭐 됐나. 에스텔은 못 들은 것 같고.

저세상의 밤하늘은 보물 상자처럼 예쁘니까, 두근두근하네.

목욕을 못 하는 건 찝찝하지만 어쩔 수 없다——라고 생각하는데, 에스텔이 마을 변두리에서 폭포를 발견했다. 계곡 안에 난 마을이라 물이 풍부한 것이겠지. 자세히 보니 용추 옆에는 탈의실 같은 것도 있었다. 주민이 평소 목욕용으로 쓰고 있었을지도 모른다.

우리는 옷을 빨거나 몸을 씻었다.

발가벗은 빌이 달라붙는 사건도 발생했지만, 이건 딱히 특필해야 할 현상이 아니기에 생략한다. 다만 코레트가 눈을 흘기자 "으" 하고 기가 죽었던 게 인상적이었다. 변태 메이드 주제에 이성을 다 되찾다니.

그렇게 해서 우리는 밤하늘 아래 모닥불에 둘러앉았다.

탁탁 튀는 불꽃을 바라보면서, 저녁밥으로 물고기(에스텔이 아까 손으로 잡은)를 우걱우걱 먹는다. 카레이드 제국에서 구매한 향신료가 알싸하니 맛있었다.

"아! 과자를 사 뒀는데, 먹을래?"

네리아가 배낭에서 다양한 과자를 꺼냈다.

초콜릿, 마시멜로, 양갱, 다시마 절임……. 코레트가 "와—

아!" 하고 과자를 고르기 시작한다. 나는 무심코 네리아를 돌아보고 말았다.

"이렇게 사도 괜찮은 거야? 돈이 부족한 거 아니었어?"

"과자를 친구와 함께 먹는 게 소풍의 묘미잖아? 게다가——냉정하게 생각하면, 빚 같은 건 안 갚아도 돼. 원래 세계로 돌아가 버리면 녀석들은 우리를 추격할 수도 없으니까."

뭐 이런 악랄한 사고 회로가. 에스텔 표정이 굳어 있잖아.

"커닝엄 대통령님……, 빌린 돈을 갚지 않으면 불법인데요……?"

"뭐가? 우리는 저세상 사람이 아니잖아? 저세상 법률을 따를 의무가 있어?"

"있다고 봐요. 상식적인 관점에서 생각하면 말이죠——."

"그럼 안 되지. 예를 들어 카레이드 제국에는 '하루에 한 번은 카레를 먹어야 한다'라는 법률이 있는 것 같아. 하지만 우리는 외국인이니까 지키지 않아도 돼."

"네……, 어라?"

"즉 우리는 저세상의 법률을 따를 필요가 없다는 얘기지. 빚을 떼어먹어도 모른 척하면 그만이야——. 자, 에스텔도 초콜릿 먹어."

"아니, 저기, 그게……. 어라? 어라라??"

에스텔은 복잡한 표정으로 초콜릿을 음미하기 시작했다.

그녀도 여행의 피로가 쌓인 듯하다. 평소라면 네리아의 궤변 따위 신경도 안 쓸 텐데.

문득 코레트가 "아" 하고 소리를 질렀다.

그녀는 막대사탕을 꽉 쥐면서 불가사의한 표정을 짓고 있다.

"왜 그래요? 딸기 맛 사탕이네요."

"이건…… 현자님이 아주 좋아하는 사탕이야."

"뭐, 확실히 좋은지 싫은지를 물으면 좋아하긴 해."

"당신은 자기를 현자라고 생각하는 정신 이상자야? ——저기, 전에 말하지 않았나. 현자님이란 600년 전에 세계를 평정한 흡혈귀야."

그러고 보니 들었던 것 같다.

이 세계에는 나 이외의 현자가 존재하는 모양이다.

"그거 알아? 이 사탕은 우리 고향 마을이 발상지야."

코레트가 자랑스럽게 말한다. 나는 어이가 없었다.

"이런 건 어디에나 있을 것 같은데……?"

"어디에나 있게 한 것이 현자님이야. 현자님은 이 사탕을 너무 좋아하셨던 모양이야. 그래서 세계 각지에서 생산하도록 명령하셨대. 덧붙여서 오리지널은 피와 설탕을 섞어서 만든 흡혈귀용이고. 물나이트 이외의 지역은 딸기 맛으로 만드나 봐."

코레트는 사탕을 빌의 눈앞에서 살랑살랑 흔들었다.

"저기, 빌. 이건 본 적 없어? 소꿉친구인 '빌'과 함께 잘 먹었는데."

나는 이상한 기분이 들었다.

코레트의 눈동자에는 뭔가를 떠보는 듯한 기색이 어렴풋이 보인다.

"저쪽 세계에서도 평범하게 팔고 있어요. 그리고 여러 사정이 있어서 만든 적도 있어요."

"그래——?"

어째서인지 아쉽다는 듯이 밤하늘을 올려다봤다. 그녀의 속을 그다지 잘 모르겠다.

뭐 그건 그렇고——, 현자님은 누구일까?

피 사탕을 정말 좋아하는 흡혈귀라면 스피카밖에 떠오르지 않는다. 사실 그 녀석이 저세상을 만든 신이기라도 한 건가? 설마. 아하하.

네리아가 마시멜로를 집으며 "자~, 그럼" 하고 활짝 웃었다.

"뭐 하고 놀까? 밤은 아직 길어."

"너는 자는 게 좋지 않을까? 어차피 또 늦잠 잘 거지?"

"난 일어날 시간이 정해져 있지 않아. 그러니까 지금까지 늦잠을 잔 적 따위 없어."

"거짓말쟁이! 네 늦잠 때문에 죽을 뻔한 적도 있거든! ——자, 에스텔을 본받아. 에스텔은 착한 아이라서 벌써 자고 있잖아."

"빠르지 않아?! 이는 제대로 닦은 거야?!"

"에스텔은 지친 것 같으니 자게 두죠. 우리는 수학여행의 단골 이벤트인 '연애 이야기'로 꽃을 피워보자고요. 참고로 제가 좋아하는 사람은 코마리 님입니다."

"갑자기 운치도 뭣도 없는 고백하지 마!"

이러쿵저러쿵해서 밤은 깊어 갔다.

에스텔은 푹 자고 있다. 빌은 폭주해서 "어떡해야 코마리 님을 함락시킬 수 있을까요?"라며 진지한 얼굴로 나에게 상담해 온다. 이 말을 들은 코레트는 부루퉁한 표정이다. 내가 "알 게 뭐야, 바보야"라고 대꾸하자, "그럼 커닝엄 님이 좋아하는 사람을 들어볼까요" 하고 왠지 네리아에게 불똥이 튀었다. 분홍색 대통령은 "없어, 그런 거!" 하고 얼굴을 붉히며 입을 다물었다.

정말로 여행하고 있는 것 같다.

은둔형 외톨이인 흡혈귀에게는 신선한 체험이다.

나는 어째서인지 흡족한 기분을 느끼며 밤을 보냈다. 과자를 먹고, 쓸데없는 잡담에 흥미를 느끼고, 곧 졸음에 의식이 몽롱해져서 침낭으로 기어들어 갔다.

날씨가 무너지기 시작한 것은, 그로부터 1시간 정도가 경과했을 무렵이었다.

밤하늘에 두꺼운 먹구름이 낀다. 달빛이 가로막혀 세계가 암흑으로 가득 찬다. 침낭에 감싸여 별을 바라보고 있던 나는 코끝에 띄엄띄엄 물방울이 떨어지는 것을 느끼고 몸을 일으켰다.

"차가워?! ——이봐, 다들! 비가 오는데?!"

그러나 빌이나 에스텔, 코레트 모두 아직 눈치채지 못한 것 같다.

나는 가장 가까이에 있던 네리아를 흔들었다. 그러나 그녀는 흐물흐물한 목소리로 "마시멜로가 가득해……" 하고 정체 모를 잠꼬대를 지껄이고 있었다. 아침에도 못 깨는 분홍색 소녀가 심야에 눈을 뜰 리가 없다.

그러나 역시 빗줄기가 굵어지면 이야기는 달라진다.

네리아의 얼굴을 만지작거리는 사이에 굵은 방울이 대량으로 떨어졌다. 빌과 에스텔이 황급히 일어났다. 코레트가 "뭐야~?" 하고 졸린 듯이 상체를 일으켰다. 네리아도 입 안으로 빗물이 들어오자 간신히 눈을 부릅뜬다.

"어? 비⋯⋯? 아니⋯⋯, 레몬주스 샤워네⋯⋯."

"아직도 잠꼬대 중이야?! 감기 걸리니까 빨리 이동하자!"

"각하! 우선 짐은 전부 정리했습니다! 자, 가죠! 코레트 씨."

"역시, 에스텔이에요. 코마리 님, 일단 저기 있는 가옥으로 피난을──."

갑자기 쿠릉쿠릉 하고 천둥소리가 울렸다.

아무래도 본격적으로 날씨가 궂어지는 것 같네──, 그렇게 불안해한 직후.

피잉!! ──빌이 철사처럼 온몸을 굳혔다.

"⋯⋯응? 왜 그래, 빌?"

"아⋯⋯ 아뇨⋯⋯. 아아아아아, 아무것도 아닌데요⋯⋯."

하늘이 번쩍 빛난다.

그것을 본 빌이 "히윽" 하고 이상한 소리를 냈다.

"⋯⋯아니, 아무리 봐도 이상한데? 어디 아파?"

"멀쩡해요! 멀쩡합니다, 아무런 문제도 없어요! 얼른 건물 안으로──."

빌이 누가 봐도 허세를 부리며 걸음을 떼려 한 순간이었다.

번쩌어어어어어억!!

천지를 꿰뚫는 듯한 소리와 함께 벼락이 떨어졌다.

"꺄아아아아아아아아아!!"

"우와아아아아아아아아?!"

나는 벼락을 맞아 죽는 건가 했다. 그 정도의 충격이 온몸을 덮쳤다.

정신을 차렸을 때는 변태 메이드에 의해서 진흙 위에 넘어져 있었다.

어? 이 녀석이 도와준 건가? ──그렇게 생각했지만 아니었다. 빛과 소리의 간격으로 보아 명백히 위치가 다르다. 오히려 나는 메이드의 태클에 날아간 것이다.

그녀는 나의 가슴에 고개를 묻고 가만히 있었다.

"빌⋯⋯?"

"⋯⋯아무것도 아니에요."

메이드가 천천히 고개를 들었다.

그곳에는 평소처럼 쿨한 표정이 떠올라 있었다.

하지만 미묘하게 다른 느낌이 든다. 두 눈에서 흐르는 것은 비가 아니라 눈물 같다. 다시 하늘이 쿠릉쿠릉하고 신음했다. 그러자 빌이 미간을 찌푸리며 부들부들 떨기 시작했다. 아니, 무거우니까 내 위에서 떨지 말아줘.

"코⋯⋯, 코마⋯⋯, 코마코마⋯⋯, 코마리 님⋯⋯, 천둥이⋯⋯."

"아아⋯⋯, 그러고 보니, 너 천둥에 약했던가⋯⋯?"

"약한 게 아니에요⋯⋯. 옛날부터 싫어했을 뿐이지."

쿠르릉, 콰쾅!! ――다시 굉음이 울려 퍼졌다.

빌은 "꺄아아악" 하고 소녀다운 비명을 지르며 내게 매달렸다.

무적의 변태 메이드에게도 약점은 있었다.

그것이 천둥인 것이다. 이것만은 정말, 진짜로 무서운 듯해서 평소 빌의 약점을 찾고 있는 나도 "뭐야, 천둥이 무섭구나~!"라고 비아냥거리지는 않았다. 불쌍하기 때문이다.

"코마리! 얼른 와!"

이미 건물로 피난한 네리아와 다른 동료들이 큰 소리로 부르고 있다.

나는 빌의 머리를 부드럽게 쓰다듬어 주었다.

"괜찮아, 빌. 내가 곁에 있으면 천둥은 무섭지 않아."

"저기, 코마리 님. 딱히 무섭지는 않습니다. 저에게 무서운 것은 없어요. 이건 그냥 몸이 조건반사적으로 반응하는 것일 뿐이에요."

"그래? 다른 동료들이 있는 곳으로 가자."

"…………. ……네."

나는 빌의 손을 잡고 일어섰다.

기껏 씻었는데 비와 진흙으로 온몸이 흠뻑 젖었다.

다시 모닥불이라도 지펴서 몸을 덥히고 싶지만――.

디잉.

"……어?"

문득. 뇌우 소리에 섞여 익숙한 음색이 흘러들었다.

나는 자연스레 뒤를 돌아보았다.

마을 입구에서 누군가가 다가온다. 아니, '누군가' 정도가 아니다. 많은 사람이 질퍽거리는 지면을 밟아가며 달려온다——. 그런 느낌이 든다.

"? 코마리 님? 왜 그러세요?"

나에게 매달려 있던 빌이 의심스러운 듯 고개를 갸웃거렸다.

불길한 예감이 들었다.

확증은 없다. 그러나 뭔가 섬뜩한 운명이 바로 코앞까지 다가왔다는 생각이 들었다.

예상한 대로 그 녀석은 빗속에서 쑥 모습을 드러냈다.

"——안녕하세요. 오늘 밤은 날씨가 좋네요."

불그스름한 미소. 양쪽 눈을 가린 띠. 넉넉한 법의 주머니에 손을 집어넣고 있다. 짊어지고 있는 것은 나에겐 그다지 친숙하지 않은 현악기, 비파다.

'해주' 트레몰로 파르코스텔라.

월급 용병단 '성채'의 일원.

그리고 샤를로트 말로는—— 저세상에 전란을 초래하는 세기의 대악인.

"트레몰로……, 왜 네가 여기에 있는 거야?"

"네르잔피 경의 연락을 받았어요. 저는 전혀 몰랐네요——. 설마 테라코마리 건데스블러드 씨가 우리 '성채'의 숙원 성취를 방해하는 장애물이었을 줄이야."

트레몰로는 신기하게 쩌렁쩌렁한 목소리로 그렇게 말했다.

역시 이 소녀는 적이었다. 첫 마을에서 나를 도와준 것은 테라코마리 건데스블러드의 정체를 몰랐기 때문임에 불과하다——.

범상치 않은 기색을 감지한 네리아와 에스텔이 달려왔다.

"무슨 일이야? 굳이 사막을 넘어 쫓아오다니 열심이네."

트레몰로는 "후후" 하고 우아한 미소를 짓는다.

"사막은 넘지 않았어요. 투모루 공화국 측을 우회하면 카레이드 제국과 충돌하는 일 없이 뮬나이트까지 침입할 수 있어요. 뭐, 저는 충돌해 줬으면 했지만요——. 알카 분들도 전력 소모는 피하고 싶었을 테지요."

"무슨 말을 하는 거야……?"

"딱히 당신들을 죽일 생각은 없어요. 분별없는 살생은 계율에 저촉되거든요. ……단지, 저는 의뢰를 받아 코마리 클럽의 위치를 가르쳐 주었을 뿐이에요."

트레몰로가 뒤로 시선을 돌렸다.

수많은 발소리가 들려온다. 나와 빌은 마른침을 삼키며 굳어 있었다. 이윽고 빗물 너머에서 모습을 드러낸 것은 전에 본 갑옷 병사들이다. 그러나 인원은 저번에 비할 바가 아니었다. 어두워서 잘 보이지는 않지만——, 아마 백 명 이상 있지 않을까.

네리아가 쌍검 손잡이를 잡고 자세를 잡았다.

"최악이네. 또 쫓아왔다니……."

"후후. 뮬나이트로 도망쳤다고 해서 안전한 건 아닙니다. 저 세상에는 분쟁 없는 장소가 없거든요——. 그리고 여기서 새로운 분쟁의 싹을 느끼네요."

갑옷들이 다가왔다. 분명 우리를 죽일 생각으로 가득하다.

나는 천둥 때문에 얼이 빠져 있는 빌을 등 뒤로 감추며 절규했다.

"잠…… 잠깐 기다려! 여기서 싸울 필요는 없잖아! 오늘은 이미 늦었다고?!"

"재밌는 말을 다 하네요. 그러나 그들의 분노는 가라앉지 않아요. 알카 정부는 무녀 공주를 놓치고야 말았어요. 게다가 무녀 공주는 궁정의 금은보화를 훔쳤죠. 체면을 지키기 위해서는 반드시 죽여야만 한다나요. 정말 저속한 일이에요."

"뭐……?! 금은보화라니……. 어떻게 된 거야, 코레트?!"

"나도 몰라!!"

건물에서 튀어나온 코레트가 비통한 목소리로 외쳤다.

"그런 건 나도 몰라! 나는 도망치는 것만으로도 벅찼거든?!"

"글쎄요? 하지만 알카 궁정에서는 국보가 몇 점 사라졌다고 하던데요."

"그게 뭐야……."

코레트의 눈에 거짓은 없었다.

그 마차에도 그런 물건은 실려 있지 않았다.

그렇게 나는 트레몰로 파르코스텔라의 잔혹함을 순식간에 간파했다.

이 녀석은——, 아마도 알카를 격노하게 만들기 위해서 죄를 꾸며낸 것이다.

네리아가 쌍검을 뽑는다. 빌이 떨면서도 쿠나이를 겨눴다. 에스텔은 체인 메탈을 움켜쥐고 긴장하고 있다.

트레몰로는 희미하게 웃으며 선언했다.

"제 역할은 이걸로 끝이에요. 자, 알카 여러분——. 힘내주세요."

☆

갑옷 병사들이 함성과 함께 덤벼들었다.

"이……! 나는 알카의 대통령이었는데……!"

네리아가 쌍검을 휘두르며 첫 상대를 날려버렸다.

금속과 금속이 부딪칠 때마다 귀에 거슬리는 소리가 울려 퍼졌다.

밤의 수학여행은 순식간에 피투성이 아수라장이 되어 버린 것 같다.

빌과 에스텔도 무기를 휘두르며 과감하게 맞서고 있었다. 알카 병사의 숙련도는 그리 높지 않은지, 그녀들끼리도 대처할 수 있는 레벨이었지만——. 인원수가 전혀 달랐다.

적은 끊임없이 바글바글 솟아난다.

아무리 쓰러뜨려도 계속해서 돌진해 오는 것이다.

그야말로 중과부적, 이대로 방치하면 확실히 이쪽이 불리하다.

"코마리 님! 일단 물러나 주세——, 히야아아아아아아악?!"

천둥소리가 다시 울렸다. 빌은 울상이 되어 굳어 버렸다.

그 틈을 놓치지 않은 한 갑옷 병사가 검을 치켜들고 돌진한다.

"빌 씨!"

"으윽."

그러나 에스텔이 던진 체인 메탈이 간발의 차로 적을 쓰러뜨렸다.

나는 안심하며 가슴을 쓸어내린다. 마침내 에스텔이 본 실력을 발휘한 모양이다. 그녀는 알카 병사들을 날카롭게 쏘아보며 외쳤다.

"당신들은 저세상의 인간일 텐데요! 즉 저세상의 법률에 따를 의무가 있습니다! 카레이드 제국 도서관에서 조사했습니다, 이 세계에서도 갑자기 난폭한 짓을 벌이는 건 위법이라던데요! 그러므로—— 저는 정당방위를 위해서 싸우겠습니다!"

마력이 없어서 평소처럼 자유자재로 무기를 조종할 수는 없지만, 그래도 에스텔은 강했다. 쇠사슬에 이끌린 필살의 칼날이 바람 소리와 함께 폐허의 도시를 유린한다. 갑옷들은 비명을 내지르면서 쓰러졌다.

나는 동료들의 분전을 바라보며 주먹을 꽉 쥐었다.

그래. 태평하게 관전하고 있을 때가 아니다. 다들 노력하고 있는데 나 혼자만 떨고 있다니 한심한 데도 정도가 있지——. 그렇게 생각한 나는 주위를 두리번두리번 둘러보았다.

빌도 에스텔도 네리아도 바빠 보인다.

젠장……, 새삼스럽지만 병 같은 데 피를 넣어 다니면 되지 않았을까?

왜 나는 그렇게 단순한 것도 눈치채지 못했을까. 바보. 멍청이. 얼간이.

"——코레트!"

거기서 통 뒤에 숨어 있는 하늘색 소녀의 모습을 발견했다.

이러쿵저러쿵할 상황이 아니다. 나는 어수선한 전장을 가로질러 코레트 옆으로 급행했다. 그녀는 다가오는 사람의 기색을 눈치채고, "우와아!" 하고 이상한 소리를 냈다.

"그만해! 죽이지 마! 나는 마을로 돌아가고 싶어……!"

"진정해! 나야, 테라코마리! 피를 빨게 해줘!"

"테라코마리……?! 근데 피?! 이 상황에서 무슨 말을 하는 거야, 당신?!"

"나는 피를 마시면 초능력을 발휘할 수 있어! 열핵해방……이 아니라 '능력'이라는 걸 가졌거든!"

"싫어, 싫어, 싫어, 싫어! 저리 가! 적에게 들키잖아아아!"

"이 멍청아—!! 너는 빌이 이 이상 다쳐도 되는 거야?!"

코레트가 헉, 하고 숨을 삼켰다.

역시 이 아이는 빌이 얽히면 태도가 달라진다. 피를 빨겠다는 허가를 받을 여유 따위 없었다. 코레트가 당황하는 사이 끝내버리자——, 그렇게 생각하고 손을 뻗는다.

그러나 할 수 없었다.

"어——."

어느새 코레트의 어깻죽지에서 액체가 터져 나오고 있었기 때문이다.

어두워서 처음에는 그게 무엇인지 잘 알 수 없었다. 비와는 다른 미끈미끈한 감촉이 나의 손에 달라붙는다. 특징적인 냄새, 그것이 피라는 걸 단숨에 이해했다.

"이봐……, 코레트?!"

코레트는 축 늘어지며 그 자리에 쓰러져 버렸다.

나는 그녀 뒤에 있는 통에 꽂힌 검을 보았다.

날벼락이다. 저게 어깨를 도려낸 것이겠지. 정말 운이 나쁘다.

"──무녀 공주만이 아닌 것 같네요. 정말 허망한 일이에요."

디잉. 디잉. 빗소리에 섞여 비파 소리가 울린다.

트레몰로 파르코스텔라가 뒤에 서 있었다.

공격해 오는 건 아니다. 그녀는 슬퍼 보이는 얼굴로 시가지의 전투에 눈을 돌리고 있었다.

나도 덩달아 동료들 쪽을 돌아보았다.

에스텔 옆구리에 칼날이 박혀있었다. 체인 메탈이 좌르륵 땅으로 떨어졌고 적갈색의 신입 흡혈귀는 잠시도 버티지 못하고 쓰러져 버렸다.

그걸 본 네리아에게 아주 잠깐 정체가 생겼다. 양손에 든 쌍검이 각각 튕겨 나갔고, 분홍빛 궤적을 그리며 날아간다. 놀라서 눈을 부릅뜨는 그녀의 복부에 병사의 발차기가 꽂혔다.

다시 천둥이 밤하늘에 울렸다. 도우러 가려고 한 빌의 움직임이 둔해진다.

갑옷들은 환호성을 지르며 베려고 덤벼들었다.

"끝이네요. 테라코마리 씨."

트레몰로가 키득거리며 웃는다.

"이걸로 슬픈 세계는 새로운 슬픔에 휩싸이겠죠."

"…………."

나는 절망에 휩쓸려 우뚝 멈춰 서지──않았다.

이런 데서 끝날 수는 없다. 나는 엄마와 재회하고 원래 세계로 돌아가야 한다. 함부로 싸움을 벌이고 싶어 하는 바보들을 용서할 순 없었다.

비파 법사를 노려보면서 입을 연다.

"……착각하지 마, 트레몰로. 내가 죽는 것은 오늘이 아니야."

"네?"

오른손에 묻은 코레트의 피를 날름 핥았다.

변화는 바로 일어났다.

세계가 붉게 물들어간다. 저세상에는 존재하지 않는 마력이 폭발한다. 몇 번을 경험해도 익숙해지지 않는 폭력적인 충동이 내 안에 싹트고 있었다.

열핵해방【고흥의 애도】──.

휘몰아치는 비바람을 지워버릴 기세로 나는 비상한다.

알카 녀석들이 두려움을 느끼며 엉덩방아를 찧었다.

그래. 그렇게 가만히 있으면 돼. 너희가 오래 살 수 있는 비결은 딱 하나. 싸움 따위는 잊고 모두 사이좋게 밥을 먹는 것이다. 그러니까──.

"──죽어라."

☆

정신을 차리고 보니 하늘이 밝아 있었다. 하지만 여전히 폭우가 내리고 있어 그다지 밝지는 않다.

폐허였던 거리는 이미 원형도 남아있지 않을 만큼 파괴되어 있었다. 분명 내가 어떤 마법을 발사한 영향이겠지.

주변에는 알카의 갑옷들이 여럿 쓰러져 있다.

그리고——, 정원수 가게 근처에는 만신창이가 된 트레몰로가 사지를 늘어뜨린 채 기절해 있었다. 아무리 그래도 저 상태에서 덮쳐오는 일은 없을 것이다.

"윽……."

왼쪽 발목에 날카로운 통증이 퍼졌다. 그쪽을 보니 옆으로 길게 베인 상처가 있다.

【고흥의 애도】를 발동하는 도중에 다친 것일지도 모른다——. 하지만 자신이 느끼는 아픔은 아무래도 좋았다.

나는 쓰러져 있는 동료들의 상태를 확인했다.

코레트는 의식을 잃은 상태다. 어깨죽지의 상처는 그렇게 깊지 않은 것 같다.

한편 에스텔은 위험할지도 모른다. 도려져 나간 배가 아픈 것인지, 그녀는 파랗게 질린 얼굴로 떨고 있었다. 내가 똑바로 했더라면 이런 일은 일어나지 않았을 텐데……. 너무 불쌍해서, 자신이 한심해서, 뚝뚝 흘러넘치는 눈물을 참을 수가 없었다.

"미안해, 두 사람 다……."

"코마리. 빨리 출발하자."

네리아가 코피를 닦으며 다가왔다.

네리아도 네리아대로 맞으면서 벽에 안면을 강타당한 것 같다. 하지만 그래도 행동에는 지장은 없어 보여서 나는 휴, 하고 안도의 한숨을 내쉬고야 말았다.

"관문으로 돌아갈래?"

"앞으로 나아가는 편이 빠르겠네요. 다음 도시까지는 그렇게 멀지 않아요."

지도를 확인하면서 중얼거린 것은 빌이다.

그녀는 이 싸움을 유일하게 상처 없이 넘겼다.

"내가 에스텔을 짊어질게. 너는 코레트를 부탁해."

"자, 잠깐. 내가 짊어질게. 너희에게 무리를 하게 할 수는 없으니까……."

네리아가 갑자기 상냥한 미소를 띠며 말한다.

"코마리도 다쳤어. 이럴 때는 서로 돕는 게 중요해. ……뭐, 아무래도 힘들겠다 싶으면 코마리 도움을 빌릴게."

"응……."

우리는 부상자를 간단히 치료한 후 폐허의 도시를 출발했다.

마음속에 따리를 튼 것은 우울한 절망이다.

동료들을 상처입히고 말았다. 이래선 엄마를 볼 낯이 없다──. 하지만 계속 끙끙 앓고 있을 수만은 없다.

남은 길은, 앞으로 나아가는 것뿐이니까.

우비를 입고 호우 속을 나아간다.

우리는 필요 이상의 이야기는 하지 않았다. 여행 온 기분으로 지내던 곳에서 갑자기 따귀를 맞은 것이니까. 빌도 네리아도 날이 서 있는 것이겠지.

다리의 통증이 심해진다.

하지만 코레트나 에스텔의 괴로움에 비하면 아무것도 아니다.

나는 이를 악물고 가혹한 행군을 계속했다.

"················."

비를 맞으며 장시간 걸은 탓일까?

내 마음속에선 '더는 싫다'라는 감정이 무럭무럭 커 갔다.

뮬나이트의 자택이 그립다. 방에 틀어박혀 침대에서 늘어지게 자고 싶다. 자유롭게 책을 읽고 싶다. 혼자 소설을 쓰고 싶다——.

"——코마리 님. 괜찮으세요?"

문득 빌이 걱정스럽게 말을 걸어왔다.

격려의 마음이 담긴 눈빛. 고작 그것을 느꼈을 뿐인데 마음에 쌓여 있던 고뇌가 어디론가 날아가는 것을 느꼈다. 역시 나를 방 밖으로 끌어내 주는 것은 늘 이 메이드였다. 나는 "응"이라고 수긍했다.

"괜찮아. 네 덕분이지."

"네……? 저는 아무것도 하지 않았는데요."

"뭐 그렇지만……, 그렇지 않아."

"……이상한 코마리 님."

빌은 석연치 않은 모습으로 다시 앞쪽으로 시선을 돌렸다.

이 녀석이 있으면, 나는 언제든 바깥 세계로 돌아갈 수 있겠지. 그건 지금까지의 경험을 통해 잘 알았다. 마이너스 사고 같은 건 전부 내던져 버리면 된다.

문득 빛이 들어왔다.

나는 놀라서 하늘을 바라본다. 구름 사이에서 화창한 햇살이 쏟아지고 있었다. 어느새 빗발도 약해진 게, 구름 녀석도 슬슬 지쳐가나 보다.

네리아가 "와아!" 하고 소리를 지른다.

"겨우 그쳤네! 다음에 또 내리기 시작하면 베어버릴 거야!"

"뭘 베려 드는 거야, 너는."

"아──. 보세요 코마리 님. 다음 마을 간판이 있어요."

빌이 손가락으로 가리키는 끝에는 너덜너덜한 간판이 서 있었다. 익숙하지 않은 문자여서 알아보기 어렵지만──, 똑똑히 '이 앞은 뤼미에르 마을'이라고 쓰여 있었다.

……응? 뤼미에르? 그건 코레트의 성 아니었나?

네리아가 "이상하네" 하고 고개를 갸웃했다.

"지도에는 '쥴 마을'이라고 되어 있어. 쥴 마을까지는 조금 거리가 남았을 텐데……?"

우리는 간판의 안내에 따라서 숲길을 나아갔다.

양쪽에는 수없이 많은 사당이 늘어서 있다. 그중에는 인간 모양을 한 석상 같은 것도 자리하고 있었다. 붉은 천으로 된 무녀 같은 옷을 착용하고 있는데, 이 땅 특유의 종교 같은 건가……?

문득 나는 깨닫는다. 빌이 묘하게 안절부절하고 있는 것이다.

"왜 그래? 추워?"

"아뇨……. 기분 탓일지도……."

이윽고 시야가 트이며 작은 마을의 경치가 눈에 들어왔다.

석조 건물이 줄지어 있다. 점심시간이기 때문일까, 가옥의 굴뚝에서는 각각 뭉게뭉게 연기가 뿜어져 나오고 있었다.

내가 품은 감상은 '겨우 도착했다', '폐허는 아니다'라는 안심 감이다.

이로써 다들 천천히 쉴 수 있다. 기쁘지 않을 리가 없다.

"코마리! 빌헤이즈! 빨리 사람을 불러오자!"

"응! 가자, 빌———. 빌?"

그러나 빌이 품은 감상은 우리와는 완전히 다른 것이었던 모양이다.

그녀는 눈을 부릅뜬 채 우뚝 서 있었다. 어디선가 본 저세상의 나비가 팔랑팔랑 코끝을 스쳐 지나간다. 그러나 그 비취색 눈동자는 가만히 마을의 풍경을 응시하고 있었다.

"왜 그래? 지쳐서 이제 못 걷겠어?"

"……아뇨, 아무것도 아닙니다. 묘한 데자뷔를 느꼈을 뿐이에요."

가슴이 술렁였다.

하지만 빌이 '아무것도 아닙니다'라고 했으니까 아무것도 아니겠지.

나는 불안을 떨쳐내기 위해 몇 번 눈을 강하게 깜빡였고, 그녀의 손을 잡고 네리아 뒤를 따랐다.

——죽음까지 앞으로 2일.

뤼미에르 마을은 인구가 500 정도 되는 작은 마을이었다.

우리는 서둘러 진료소로 갔다.

진료소란 요약하자면 병이나 상처를 치료하기 위한 시설이다.

저세상에는 마핵이 없기 때문에, 쿠야 선생 같은 의사 선생님이 나름대로 있는 것 같다.

코레트나 에스텔도 금방 눈을 떴다.

안경을 쓴 초로의 의사 선생님 말에 따르면 "둘 다 생명에 지장은 없다"라고 한다.

단, 에스텔은 미묘하게 상처가 깊어서 1주일 정도 입원하게 되고 말았다.

"죄송합니다! 제7부대에는 '적에게 패배하면 사형'이라는 규율이 있다고 들었어요……! 저, 저도 각오하는 게 좋을까요……?"

"안 해도 돼, 안 해도 돼! 그런 규율 없거든!"

어차피 요한이나 카오스텔이 주입한 거겠지.

그 녀석들은 '이제 과자를 안 만들어 주는 형'에 처할 거다.

그건 그렇다 치고——.

"아아, 코레트! 잘 돌아왔어!" "무사해서 다행이야!" "무사는 무슨, 이렇게 다쳤는데." "그래, 맞아! 알카 녀석들은 용서 못

해!" "지금은 푹 쉬어. 제도의 촌장님께도 연락할게."

——코레트의 침대 주변에는 수많은 마을 사람들이 모여 있었다.

이런 우연이 있냐며 나는 어안이 벙벙했다.

사실을 말하자면 뤼미에르 마을은 코레트 뤼미에르의 고향이었다.

무녀 공주를 키우기 위한 숨은 마을로 지도에도 실리지 않은 비밀 화원. 헤매고 방랑하는 사이 우연히 도달한 모양이다.

'차기 무녀 공주 귀환'——, 그 뉴스는 빛의 속도로 마을을 훑고 지나갔다. 아까부터 끊임없이 마을 사람들이 찾아와서는 "다행이다, 다행이야" 하고 병문안을 하고 갔다.

코레트는 사람들에게 치이면서도 아주 싫지만은 않은 듯 웃고 있었다.

저 녀석이 진심으로 웃는 얼굴은 처음 보는 것 같다.

뭐, 지금까지 과혹한 여로를 거쳤으니 무리도 아니지만…….

"의외의 전개였지."

네리아가 에스텔에게 사과를 먹이면서 말했다.

"우연히 들른 마을이 코레트의 고향이었을 줄이야……. 하지만 다행이야. 마을 사람들이 기뻐하는 모습을 보니 나까지 다 기쁘네."

"우리는 완전히 안중에도 없네. 뭐, 상관없지만."

나는 에스텔의 입에 사과를 옮기며 주변을 두리번거렸다.

마을 사람들은 코레트밖에 안중에 없는 것 같다. 개중에는 울면서 기뻐하고 있는 할아버지도 있었다.

"그나저나 코레트 님은 인기인입니다. 역시 차기 무녀 공주네요."

빌이 에스텔의 입에 사과를 쑤셔 넣으면서 고개를 갸웃거린다.

"하지만 그렇다면 이상하지 않아? 어째서 그렇게 인기 있는 무녀 공주님을 진상품으로 바친 걸까? 마을 사람들이 납득했을 것 같지 않은데……."

네리아가 다시 사과를 이쑤시개로 찔렀다. 그걸 본 에스텔이 흠칫하며 "죄송합니다! 이제 배부릅니다!"라고 외쳤다. 확실히 너무 많이 먹었다. 나는 에스텔에게 주려고 했던 사과를 아삭아삭 먹는다.

그때 마을 사람들의 무리 속에서 한 남성이 이쪽으로 다가왔다. 우리를 진료소까지 안내해준 뤼미에르 마을의 부촌장이다.

"코마리 클럽 여러분, 정말 신세 많이 졌습니다."

그는 명랑하게 웃으며 고개를 숙였다.

"코레트는 뤼미에르 마을, 나아가 뮬나이트 제국에 있어서 소중한 차기 무녀 공주입니다. 잘도 여기까지 호위해 주셨습니다."

"아, 아뇨. 저는 아무것도 한 게 없는데……."

조금 긴장하면서 고개를 숙인다.

그는 황송한 기색으로 "그럴 리가요!"라며 고개를 저었다.

"코마리 클럽은 은인입니다. 오늘은 마을이 총출동해서 환영회도 열 예정이니까 편안히 쉬어 주세요. 촌장을 대신해서 제가 환대하겠습니다."

"촌장님은 안 계신가요?"

"네, 뭐."

부촌장은 난감한 듯이 웃었다.

"촌장 부부는 무녀 공주의 후견인이기 때문에 자주 제도에서 지내거든요. 오히려 뤼미에르 마을에 있는 시간이 더 적을 정도입니다."

"혹시……, 촌장 부부가 코레트 님의 부모님인가요?"

"바로 그렇습니다. 아뇨, 코레트는 뤼미에르가의 양자니까 피가 이어진 부모 자식 사이는 아니지만……, 그런데 참 타이밍이 안 좋군요. 딸이 돌아온 타이밍에 부재라니."

빌은 "흠" 하고 턱에 손을 얹더니 코레트를 응시한다.

……? 뭐지? 변태 메이드의 모습이 평상시와 조금은 다른 것 같은데……?

뭐 됐나. 일단 환영회를 기대해 보자. 맛있는 저세상의 요리를 먹을 수 있으면 좋겠는데.

☆

뤼미에르 마을에서 제국 수도까지는 일주일 정도 걸리는 것 같다.

본래라면 당장에라도 출발해야 하지만, 다친 에스텔도 있으니 당분간 체재하게 되었다. 네리아 왈 '알카의 군세는 계곡 마을에서 격파했으니까 쫓아오지는 않겠지'라고 한다.

갈 길을 서두르고 싶은 마음은 굴뚝같지만, 지금은 여행의 피로를 달래자.

그런 이유로, 우리는 환영회가 열리는 집회소에 가고자 마을을 걷고 있었다.

참고로 에스텔만은 절대안정이 필요하므로 진료소에서 대기. 가여우니까 나중에 요리를 챙겨 가자.

"빌, 여기가 내 고향인 뤼미에르 마을이야! 좋은 곳이지?"

"네, 아주 멋진 곳이네요."

"아예 살고 싶지는 않아? 이주는 잘 받아들여지지 않는 것 같지만 빌이라면 마을 사람들 모두 대환영할 거야, 아마! 그리고 하는 김에 에스텔도 강제 이주시킬까 봐."

"네에."

"저기, 저 물방앗간을 본 기억은 없어? 자주 소꿉친구와 함께 도시락을 먹은 곳인데……."

"제가 여기 온 건 처음인데요."

"그렇겠지. 아, 저기! 저기 보이는 건 마을에 있는 유일한 학교야──."

질퍽거리는 길을 밟으면서, 코레트는 끊임없이 빌에게 말을 걸고 있었다.

나는 그녀의 뒷모습을 가만히 바라본다. 고향에 돌아왔으니 텐션이 폭발한 것이겠지……라고 생각했지만, 그 외에도 뭔가가 있다는 생각이 들었다.

잘 생각해 보면 카레이드 제국을 출발했을 때부터 코레트의 분위기가 달라졌다. 빌에게 속을 떠보는 듯한 말을 던지게 된 것이다.

이게 무엇을 의미하는지는 모르겠지만, 어째서인지 가슴이 술 렁거린다.

"저기, 코레트. 마을 관광지 같은 곳을 소개해주지 않을래?"

나는 둘의 대화에 끼어드는 형태로 입을 열었다.

코레트가 "뭐?" 하고 불만 가득한 신음 소리와 함께 돌아본다.

"관광지 따위를 알아서 뭐 하려고?"

"아니, 모처럼이니까 구경하고 싶잖아."

"저 마구간 뒤쪽에 유명한 공중화장실이 있어. 세계 유산에도 등록돼 있는 엄청난 화장실이니까 보고 오면 어때? 나와 빌은 환영회에 갈 거지만 말이야."

"화장실이 세계 유산일 리 없잖아……."

"흥, 당신은 지금부터 지옥을 보게 될걸. 지리지 않게 화장실 이나 잘 갔다 오라는 뜻이야."

"의미를 모르겠는데."

"아, 그래. 뭐, 당신은 꼬마니까 모르려나."

뭐, 뭐야. 이 녀석……?

나를 대하는 태도가 노골적으로 차갑지 않아?

그리고 지옥이 뭔데? 애초에 나는 꼬마가 아니거든?

그런 식으로 멍하니 있는 사이에, 마을 중심부―― 집회소에 다다랐다.

넓은 정원에는 많은 테이블이 놓였고 형형색색의 요리가 나열

되어 있다. 아무래도 입식 파티인 것 같다.

"오오, 코레트! 게다가 코마리 클럽 여러분까지!"

고기가 담긴 접시를 옮기고 있던 부촌장이 우리가 도착했다는 걸 알아차리고 만면의 미소를 지었다.

그러자 회장 여기저기서 박수갈채가 일었다.

"어서 오세요!" "무녀 공주를 도와줘서 고맙습니다!" "오늘 밤은 연회다!"——그런 유쾌한 목소리가 저녁놀이 진 하늘에 메아리쳤다. 집회소 정원에는 많은 마을 사람이 모여 있었던 것이다.

나는 왠지 부끄러워져서 코레트를 봤다.

그녀는 득의양양해서 두 손을 흔들고 있었다.

……응, 딱히 부끄러워할 필요 없겠군. 나도 저 녀석을 본받자.

"자, 사양 말고 편히 쉬고 즐겨주게. 그리고 지금까지의 이야기를 들려주면 기쁘겠어——. 코레트의 귀환과 코마리 클럽의 활약을 축하하며 건배!"

부촌장의 선창에 의해 연회가 시작되었다.

참가자들은 각각 "건배!"라며 잔을 내민다. 나도 당황해서 눈앞 테이블에 있던 컵을 꽉 쥐었다.

저녁 식사는 떠들썩하게 진행됐다.

여흥으로 북이 쿵쿵 울렸고 주변 일대가 축제 같은 분위기로 물들었다. 나는 채소가 듬뿍 든 오므라이스를 스푼으로 무너뜨리면서 코레트와 빌의 모습을 빤~히 관찰하고 있었다.

"……저 녀석, 마을 사람들에게 인기네."

"그야 그렇겠지, 차기 무녀 공주니까."

옆에 있는 네리아가 잔에 든 우유를 마시면서 말한다.

코레트는 회장 한가운데에서 마을 사람들에게 둘러싸여 시달리고 있었다. 그들이 "무사해서 다행이야", "이제 마을은 안녕하겠어"라고 말을 걸 때마다, 코레트는 겸연쩍게 웃는다.

"낮에 새를 보냈으니까 곧 촌장님 귀에도 들어갈 거야. 분명 크게 기뻐하겠지."

"하지만 괜찮아? 난 전쟁을 막기 위한 진상품이었잖아……?"

"알 게 뭐야! 그런 신탁에는 아무도 찬성하지 않았어. 현 무녀 공주도 참, 코레트 씨는 피가 안 이어졌더라도 조카일 텐데……."

"자자, 무녀 공주는 아무래도 됐잖나. 지금은 코레트가 무사하단 사실을 기뻐하자고."

"그래, 맞아. 정말 다행이지."

"대체 어떻게 도망친 거야? 알카의 병사는 흉포할 텐데."

"그건 말이지——, 빌헤이즈 덕분이야!"

코레트는 옆에서 계속 침묵하고 있던 빌의 팔을 잡는다.

메이드는 휘청거리면서 마을 사람들 앞에 섰다.

"저기, 코레트 님……."

"이 아이가 나를 도와주었어! 빌은 대단해. 덮쳐온 알카의 병사를 손쉽게 해치워 버렸으니까! 게다가 여기까지 오는 동안에도 나를 많이 챙겨줬어!"

"빌? 빌헤이즈라고……?"

마을 사람들은 눈살을 찌푸리며 얼굴을 마주 보았다.

그러나 곧바로 '그럴 리 없나'라는 기색으로 미소를 되찾는다.

……? 뭘까, 저 반응은.

"그래, 그래. 코마리 클럽 분들에게는 감사해야겠구나. ──이봐, 건데스블러드 씨, 당신도 이리 와서 요리 좀 먹지 그래?!"

"안 돼, 아저씨. 나를 구해준 건 빌이야. 저 꼬마가 아니라."

"하하하, 싸우기라도 했냐? 사이좋게 지내야지."

"뭐야, 쓰다듬지 마. 애 취급하지 마! ──됐어, 솔직히 말할게! 나도 테라코마리와 여행하는 게 즐겁지 않은 건 아니지만 그래도 내 이야기를 들어보면 마을 사람들도 저 녀석이 싫어질걸!"

북이 쿵쿵 울린다.

코레트는 크게 심호흡했다. 그리고 빌의 얼굴을 가만히 응시하고 더 나아가 내 얼굴을 귀신 같은 형상으로 노려보더니──처억!! 하고 검지를 세우며 외쳤다.

"테라코마리는, 내 소꿉친구 '빌'을 변태로 조교했어!!"

……………………

……뭐어?

무슨 말을 하는 거야, 이 녀석은?

"우선 대전제로 '코마리 클럽'의 빌헤이즈는 차기 무녀 공주였던 '빌헤이즈 뤼미에르'야."

마을 사람들에게 동요가 퍼졌다.

부촌장이 "코레트……" 하고 어색한 듯이 입을 연다.

"빌헤이즈는 죽었어. 여러 번 말하지 않았냐. 이제 안 돌아와……."

"여기 있잖아? 봐도 모르겠어? 머리 색이나 분위기, 가슴 크기는 다르지만 얼굴은 닮았어."

"함부로 말하면 안 돼, 코레트……."

"증거는 있어! 이 빌은 미래를 보는 이능을 가지고 있어! 차기 무녀 공주였던 '빌'과 같다고!"

마을 사람들이 평가하는 듯한 눈으로 빌을 바라봤다.

뭐야, 이게? 뜻밖의 사태로 발전하고 있는 것 같은……?

당황하는 나를 코레트가 분노가 깃든 눈으로 바라보았다.

"카레이드 제국의 숙소에서 들었어. 빌은 【판도라 포이즌】이라는 미래시 능력을 가지고 있다고. 웃기지 마, 테라코마리는 그걸 쭉 나에게 숨기고 있었어."

"아니, 따로 말할 필요를 느끼지 못해서……."

"미래를 볼 수 있는 녀석은 세계에 '빌' 정도밖에 없거든. 나는 소꿉친구 '빌'이 미래시 능력자란 걸 너에게 전했어. ……그 시점에서 느꼈지? 빌과 '빌'이 동일 인물일 가능성을 생각했다면 나에게 【판도라 포이즌】에 관해 가르쳐줘도 되지 않았을까? 그 정도 친절함도 없어?"

샤를로트를 타고 사막을 종단할 때의 일이다.

확실히 나는 빌과 '빌'의 공통점을 찾았으면서도 입을 다물고 있었다.

"머리 색이 다른 건 어떻게든 둘러댈 수 있어. 염색이라거나 스트레스로 탈색됐다거나. ──빌은 그 뇌우 치던 날에 행방불명돼서 이계로 날아간 것 같아. 소꿉친구나 고향을 모두 잊은 채 저 녀석 메이드가 된 거라고."

"잠시만?! 빌에게는 크로비스라는 할아버지가 있거든?! 어렸을 적 기억도 있을 거고……."

"조작된 거야! 에스텔이 그랬어……. 너에게는 남의 기억을 조작하는 마법을 쓸 수 있는 친구가 있다고! 그 녀석에게 부탁해서 빌을 세뇌했지?!"

정정하고 싶은 것이 여럿 있었지만, 머리가 따라주지 않는다.

코레트의 험악한 얼굴에 압도당한 것이다.

마을 사람들까지 의심의 눈초리를 보내고 있다. 만약 빌이 코레트의 소꿉친구라고 한다면──, 즉 '빌헤이즈 뤼미에르'라고 한다면 그들에게는 큰 문제다.

왜냐하면, '빌헤이즈 뤼미에르'는 아주 중요한 차기 무녀 공주니까.

어떻게 오해를 풀어야 할까──. 그런 식으로 머리를 싸매고 있었을 때.

"기억은 조작되지 않았어요."

빌이 쿨한── 음색으로 그렇게 말했다.

나는 구원받은 기분으로 메이드의 얼굴을 바라보았다.

"그, 그래! 말해줘, 빌!"

"조작은 있을 수 없습니다. 여기에서 충격적인 사실을 전하자면 저는 애초에 어린 시절 기억을 잃은 상태예요."

뭐?

농담 없이 정말 충격인데…….

"무슨 뜻이야, 빌?! 기억을 잃고 있었다니…….."

"대단한 일은 아니기에 입을 다물고 있었어요. 왜냐하면 코마리 님도 같은 상황이죠? 예의 그 사건 전에 일어난 일은 잘 기억 못 하신다고 들었어요."

"뭐 그야 그렇지만……."

"바보야?! 그렇다면 더더욱 빌은 '빌'이잖아?!"

코레트가 빌에게 매달리면서 외쳤다.

"내가 기억나게 해주겠어! 나와의 추억 이야기를 들으면 머리 가 활성화되면서 기억을 되찾을 수 있을 거야! 으음, 있지, 우선 둘이서 축제에 간 이야기라거나──."

"아니요, 저는 '빌헤이즈 뤼미에르'가 아닙니다."

그것은 절벽에서 내치는 듯한 차가운 목소리였다.

코레트가 눈을 동그랗게 뜨고 굳는다.

"그, 그만둬. 그런 말투! 빌은 다시 나와 함께 살 거야……!"

"만에 하나 과거 '빌헤이즈 뤼미에르'였다고 해도, 지금은 다 릅니다. 코마리 님의 충실한 신하입니다. 사명이 있으니 코레트 님과 함께 살 수 없어요."

"사명이 뭔데!"

"세계 정복입니다."

"………………………………"

잠깐, 빌.

의미를 모르겠어. 마을 사람들이 질색하고 있잖아.

"……설명이 부족했던 것 같네요. 저는 코마리 님과 함께 세계를 하나로 모으고 싶습니다. 코마리 님은 분쟁이 없는 평화로운 세계를 만들고 싶다고 했습니다──. 그러니까 저는 그걸 돕고 싶어요. 코레트 님의 마음에 응할 수 없습니다."

"머리 좀 식혀! 그런 영문 모를 사명 따위 내던져! 빌은 내 소꿉친구야! 아저씨, 아주머니의 딸이야! 게다가…… 차기 무녀 공주의 역할도 있잖아?!"

"그 역할은 포기하겠습니다. 그럼."

빌은 매정하게 말하고 회장을 떠나갔다.

황급히 쫓아가려는 코레트의 어깨에 부촌장이 손을 탁 두었다.

"뭐야! 이거 놔!"

"그만해. 빌헤이즈 씨는, 네가 아는 빌이 아니야."

"윽……."

다른 마을 사람들도 비슷한 분위기였다.

"역시 다르잖아." "진짜는 더 겁이 많은 아이였어." "그 아이는 이제 없는 거야." ──아무도 빌을 '빌'로 인식하고 있지 않다. 끝내는 "코레트가 이상한 말을 해서 놀랐어!"라며 웃기 시작했다.

환영회는 다시 활기찬 분위기를 되찾았다.

모두가 빌이나 '빌'을 잊고 잡담을 즐기고 있다.

왠지 복잡한 기분이다. 일단 빌을 뒤쫓자──. 그렇게 생각한 순간.

문득, 무시무시한 살기를 느꼈다.

움찔 뒤를 돌아본다. 코레트가 울상으로 이쪽을 노려보고 있었다.

"네…… 네 탓이야……."

"응? 뭐, 뭐가……?"

"기껏 빌을 찾아냈는데! 예전 같은 나날을 되찾았다고 생각했는데!"

"자자, 코레트, 지금은 무사히 돌아온 것을 기뻐하렴. 봐라, 여기 코레트가 좋아하는 과자도 끄엑."

부드럽게 나무라는 부촌장의 안면에 주먹이 꽂혔다.

코를 누르며 웅크리는 불쌍한 만찬 주최자에게는 눈길도 주지 않는다. 코레트는 주먹을 꽉 강하게 움켜쥐더니 이렇게 말했다.

"전부 너 때문이야! 빌을 돌려줘!"

"나한테 따져 봤자……."

"빨리…… 돌려줘어어어어어어어!!"

"우와아아아아아아아?!"

코레트가 붕붕 팔을 휘두르며 돌격해 왔다.

테이블 위 오므라이스에 주먹이 처박혔고 케첩이 흩날린다. 나는 지나친 공포에 피할 수조차 없었다. 습격해 오는 코레트를 그대로 받아들였고──, 끌어안는 듯한 형태로 싸움이 시작되고 말았다.

"코, 코레트! 진정해! 싸우면 아무것도 남는 건 없어!"

"남아! 너를 울려서 빌을 되찾을 거야!"

코레트가 나의 허리에 매달린 채 나를 힘껏 누르고 있다.

이 녀석――, 물리적으로 나를 쓰러뜨려서 울리려는 거구나?!

"그만해, 넌 다쳤잖아?! 무리하지 마!!"

"그런 건 상관없어! 너도 다쳤으니까!"

마을 노인들이 밝은 목소리로 "오오! 몸싸움이 시작되었다!"라며 웃는다. 스테이지에 있는 북 담당 소녀가 고속으로 채를 휘둘러 둥둥둥둥 하고 분위기를 띄운다. 이성이 남은 마을 사람들은 코레트를 막으려고 했지만, 그녀의 박력에 밀려 뒷걸음질쳐버렸다.

회장은 순식간에 싸움판으로 바뀌었다.

심판을 맡은 할아버지가 "어기여차, 어기여차!"라면서 크게 외친다. 댁은 누구야.

"나는…… 쭉 빌을 찾고 있었어! 잠잘 시간도 아껴가며! 애초에 뭐야, 세계 정복이라니! 휘둘리는 빌이 불쌍하잖아?!"

"세계 정복 따위 할 생각 없어! 그건 빌이 아무 말이나 떠드는 거야!"

"난 빌을 위해 인생을 바쳐왔어! 그 천둥 치던 날부터 계속……. 다른 친구는 만들지도 않았고 놀지도 않았어! 계속 빌을 찾고 있었다고!"

맹공을 버티면서, 나는 마음에 동요가 퍼지는 것을 느꼈다.

코레트의 마음이 뼈저릴 정도로 전해져 온 것이다.

만약 내가 이 녀석 같은 처지였다면, 똑같이 몸싸움을 벌였을지도 모른다――.

"앗."

대전 상대의 몸이 훅 가라앉았다.

질퍽거리는 진흙에 발을 사로잡힌 코레트는 그대로 깨끗하게 털썩 넘어졌다.

나는 당황해서 그녀의 몸을 부축하려 했다.

그러나 이미 때는 늦어서, 하늘색 소녀는 엄청난 기세로 지면에 얼굴을 처박고 있었다.

털퍽.

그런 효과음이 들린 듯했다.

회장이 아주 조용해진다. 심판을 맡은 할아버지도, 북을 둥둥 두드리던 소녀도, 코를 누르고 있던 부촌장도, 한발 물러서서 지켜보고 있던 네리아도, 그 이외의 구경꾼도——. 모두가 석상처럼 움직임을 멈추었다.

나는 발밑에 엎드려 있는 코레트에게 조심스레 손을 뻗는다.

그러나 손이 닿기에 앞서 그녀는 번쩍 고개를 들었다.

진흙투성이라서 표정은 모르겠다.

곧 그녀의 입술에서 쥐어 짜내는 듯한 목소리가 새어 나왔다.

"흐."

"흐……?"

"흐에에에에에에에에에에에에에에에에에에에에에에에에에에에에에에에에에!!"

코레트는 굵은 눈물을 흘리며 오열하고 있었다.

나는 무슨 말을 해야 할지 우왕좌왕하고 말았다.

머지않아 코레트는 눈물을 소매로 닦고 일어나더니 "죽어라,

바보오오오오오오오!!" 하고 절규하면서 달리기 시작했다.

한동안 회장은 얼어붙은 것처럼 경직되어 있었지만 가장 빨리 회복한 부촌장이 "잠깐, 코레트!" 하고 뒤쫓기 시작했다. 네리아가 "정말로 난감한 아이네"라며 한숨을 내쉬고 있었다.

나는 코레트의 우는 얼굴을 되새기면서, 뭐라 형용할 수 없는 기분으로 서 있었다.

다치지는 않았을지 궁금하네. 요란하게 굴렀는데…….

……어쨌든 이렇게 환영회는 이상한 분위기로 끝을 맞이했다.

☆

다음 날 저녁, 나와 네리아는 따분함에 마을을 산책하고 있었다.

그러나 머릿속을 빙빙 맴도는 것은 코레트 생각이다.

어제 소동 이후, 그 녀석은 집에 틀어박혀 있는 모양이다. 빌이 자기 소꿉친구라고 단정하고 큰소리쳤는데 본인이 단호하게 부정한 것이다. 토라지는 것도 무리는 아니지.

그리고 현재, 빌은 코레트의 기분을 맞추기 위해 뤼미에르 저택으로 향하고 있었다.

나는 왠지 고뇌하고 있었다.

역시 빌과 코레트를 단둘이 있게 해서는 안 될 것 같다는 생각이 들었다.

어제 밝혀진 사실── '빌에게는 어린 시절의 기억이 없다'라는 이야기가 배후령처럼 찜찜하게 따라다닌다.

그녀의 말은 아마 거짓말이 아니다. 그 녀석에게 어릴 적 기억이 없다면 '과거가 아니라 미래만이 기댈 곳이니까'라는 크로비스의 말도 납득이 간다.

빌이 '빌헤이즈 뤼미에르'라고는 생각하지 않는다.

하지만, 만일의 경우를 생각하게 된다.

다시 생각해 보면 일치하는 점은 놀라울 정도로 많다.

이름이 같은 것. 코레트 왈 '생긴 게 비슷하다'라는 것.

그리고, 미래를 보는 이능을 가지고 있는 것.

이것들은 아마 우연에 불과할 것이다.

하지만, 성가신 것은 지금의 정보만으로는 부정도 긍정도 할 수 없다는 것이다.

실제로 코레트는 빌을 '빌'이라고 믿고 있다. 그 녀석은 포기를 모르게 생겼으니까, 지금쯤 빌에게 '함께 살자!'라고 재차 부탁하고 있겠지.

그리고―― 이것이 제도에 있다는 뤼미에르 촌장 부부 귀에 들어가면, 그들도 가만있을 리 없다. 사실이 어떻든, 빌은 '빌'이 되어 버릴지 모른다.

그렇게 되면, 나는 녀석과 작별해야만 한다.

작별을……해야만…….

…………………….

"코마리, 왜 그래? 표정이 심각한데."

"아무것도 아니야."

네리아의 지적에 나는 내 뺨을 찰싹찰싹 쳤다.

눈앞에는 풍요로운 농촌의 풍경이 펼쳐져 있다.

벽촌에 걸맞은 온화한 분위기다. 어젯밤도 비가 세차게 내렸는지 길은 촉촉하게 젖어 있다. 황혼의 빛을 받아 반짝반짝 빛나는 물웅덩이가 아름다웠다.

"저기, 네리아. 빌은 뭘까?"

"철학적인 질문이네……. 그런 거 신경 쓸 필요 없어. 녀석의 과거가 어떻든 코마리에게서 멀어질 리 없으니까."

"머리로는 알고 있는데 말이지. 하지만 불길한 예감이 들어."

"그럼 사쿠나에게 죽여 달라고 할까? 그 아이라면 잃어버린 기억을 들여다볼 수 있잖아?"

희희낙락하며 빌을 살해하는 사쿠나의 영상이 떠올랐다.

……어라? 이상하네? 왜 이렇게도 쉽게 상상이 가는 거지?

사쿠나는 청초하고 온화한 미소녀일 텐데…….

"다, 당연히 안 되지! 죽는 건 아프거든?!"

"그렇지. 뭐, 사람의 마음은 그렇게 쉽게 변하지 않아. 묵직하게 버티고 있으면 되는 거야."

나와 네리아는 나무 그늘의 벤치에 앉았다.

비에 젖어서 엉덩이가 서늘했지만, 전혀 신경 쓰지 않았다.

네리아가 배낭에서 과자를 꺼낸다. 마시멜로 봉투를 나에게 내밀며 "기운 내" 하고 웃는다.

"단것을 먹으면 머리가 진정되니까."

"뭐? 하지만, 지금 먹으면 밥을 못 먹는데……?"

"쓸데없이 착한 아이네, 너는! 이러쿵저러쿵 하지 말고 먹어!"

네리아가 내 입에 마시멜로를 돌진시켰다.

달고 폭신폭신하다. 머릿속까지 폭신폭신해지는 기분이다.

"……확실히 진정되네. 희대의 현자답게 쿨해졌어."

"네가 쿨한 건 열핵해방 때 정도잖아."

네리아는 마시멜로를 덥석덥석 먹고 있었다.

살찌지 않을까 걱정된다.

"열핵해방은 마음의 힘. 무언가를 이루고 싶은 자에게만 깃들지. ──빌헤이즈는 코마리를 위해 힘을 진화시켜 온 거잖아? 코레트에게 빼앗기는 건 말이 안 돼."

"음. 그건 그렇지만."

"당신은 혼자서 고민하고 있어. 하지만 그건 테라코마리 건데스블러드답지 않은 방식이야. 나는 요선향 소동에서 당신에게서 배웠어──. 남의 마음을 생각하는 것의 중요함을. 그리고 말이나 행동으로 서로 이해한다는 것의 중요함을."

마을의 거리를 사람들이 달려간다.

뤼미에르 마을은 의외로 떠들썩한 장소였다.

"안개에 사로잡혀 있던 나한테 손을 뻗은 것은 너야. 나는 네 말 덕분에 네르잔피의 술법에서 벗어날 수 있었어. 정말로 굉장하지, 코마리는. 선생님을 꼭 닮았어."

"뭐라는 거야? 키가 전혀 달라."

"딴 길로 샜네. 내가 하고 싶었던 말은 '아무 걱정할 필요 없다'라는 거야. 그런데도 불안하다면 빌이나 코레트와 제대로 이야기해 봐."

"……그래, 네리아 말이 맞아."

네리아와 이야기하니 머리를 뒤덮고 있던 안개가 걷혀 가는 것을 느꼈다.

이 녀석에게는 신세만 지네.

"고마워, 덕분에 냉정한 사고 능력을 되찾았어. 인정하기는 왠지 좀 그렇지만……, 너는 여동생보다 언니 같다는 생각이 들어."

"그, 그래?"

분홍색 대통령은 뺨을 붉히며 수줍어한다.

"그럼 코마리를 여동생 메이드로 고용해 줄게. 나를 '언니'라고 불러."

"뭐? 그건 그냥 싫은데……."

"그냥 분위기 깨지 말아 줄래?"

유감스럽다는 듯 한숨을 내쉰 네리아는 다시 배낭에서 과자 봉투를 꺼냈다. 발을 앞뒤로 저으며(벤치는 의외로 높다), 새빨간 사탕을 입으로 가져간다.

그 모습을 보고 나는 살짝 양심의 가책에 시달렸다.

"알았어……. 고마워, 네리아 언니."

"?!"

네리아 입에서 사탕이 툭 떨어졌다. 아아, 아까워! ──당황해서 주우려고 했을 때, 문득 그녀의 표정이 '히죽~' 하고 기분 나쁘게 일그러진 것을 알아차렸다.

"후후……, 후후후……! 좋네, 그거. 역시 코마리는 나의 여동생임이 분명해."

"뭐야, 너. 히죽히죽거리는 게 기분 나쁜데⋯⋯."

"코마리는 작고 귀여워. 언니가 과자를 많이 먹여 줄게."

"뭐? 이봐⋯⋯, 그렇게까진 필요 없어! 그리고 자연스럽게 팔
짱 끼지 마!"

역시 여동생이라니, 농담이 아니다.

언니로 적합한 것은 당연히 나다.

☆

"앞으로의 예정은 어떻게 하시겠어요?"

침대 위에 펼쳐진 카드를 넘기면서 에스텔이 묻는다.

카드 맞추기 게임이다. 유례가 드문 기억력을 자랑하는 나라
면 어떤 상대든 아이나 마찬가지──일 텐데, 아까부터 에스텔
이 3회 연속으로 짝을 맞추고 있다. 앗, 거긴 나도 기억하고 있
었는데!

"역시 제도로 가는 거죠? 내일은 떠나는 건가요?"

"내일은 힘들겠지. 에스텔의 상처가 아물지 않았으니까."

"죄, 죄송합니다! 제가 짐이 돼서 여정에 지연이⋯⋯!"

"지연 따위는 아무래도 좋아. 제대로 요양만 하면 돼."

에스텔은 "죄송합니다"라고 여러 번 사과하면서 트럼프를 넘
기고 있었다.

벌써 5회 연속이다. 미안하다고 생각하면 좀 더 살살하라

고…….

"저기……, 저야 물론 각하를 따라가겠지만 코레트 씨는 어떡하죠? 역시 뤼미에르 마을에 머무르나요?"

"그렇겠지. 여기는 그 녀석 고향이고."

"하지만……그렇게 되면, 빌 씨를 강제로 붙잡을 것 같네요."

"끄으응……."

저 두 사람 관계에는 복잡한 것이 있다.

빌도 어제는 그런 식으로 말했지만, 코레트에게 좀 더 다가갈 필요가 있지 않을까? 적어도 빌이 '빌헤이즈 뤼미에르'인지 밝혀질 때까지 마을에 머물러야 하지 않을까?

"모르겠어……. 통 모르겠어……."

"뭐가 말인가요?"

"빌 말이야. 그 녀석은 나와 함께 갈 것 같지만, 좀 더 신중하게 생각하는 편이 낫겠다는 생각이 들어."

"신중하게 생각한 결과가 이것입니다. 저는 코마리 님을 좋아하니까요."

"하지만 코레트를 생각하면──, 흐냐아아아아아아아아아아아?!"

갑자기 등 뒤에서 누가 끌어안는 바람에 절규했다.

정신을 차리고 보니 변태 메이드가 그림자처럼 출현해 있었다──, 아니, 언제부터 있었던 거야?! 기척을 전혀 못 느꼈는데?! 이 녀석, 닌자의 일종이었나……?!

"빌 씨, 수고하셨습니다. 코레트 씨와의 용무는 끝나셨어요?"

"네. 이야기를 마무리 짓고 왔습니다."

나는 깜짝 놀라서 빌을 돌아보았다.

"엇? 코레트가 납득한 거야?"

"하지 않았지만, 뛰쳐나왔습니다."

그걸 '이야기를 마무리 지었다'라고는 하지 않을 것 같은 데……

"하는 김에 마을을 구경하며 제 출신을 더듬어 봤지만, 아무것도 생각해 낼 수 없었어요. 그리고 떠올릴 필요도 없습니다. 저는 코마리 님의 메이드니까요."

"그, 그래……?"

"설령 제가 정말로 '빌헤이즈 뤼미에르'였다고 해도 상관없습니다. 아이는 성장하면 떠나는 법이니까요."

빌의 말에는 일리가 있다. 개인적으로는 안심도 하고 있었다.

하지만, 이것은 코레트의 문제이기도 하다.

빌이 나와 함께 마을을 떠나는 길을 택하더라도 남겨진 쪽은 마음이 정리되지 않을 것이다.

눈앞에 있는 메이드는 그런 나의 근심거리를 정확하게 파악했는지 "코마리 님은 정말로 손이 많이 가는 분이군요" 하고 어이없어했다.

"지금으로선 저의 정체를 확정하기 힘들어요. 코마리 님이 신경 쓸 필요는 없습니다."

"그건 알지만 말이지. 하지만 코레트를 생각하면…… 왜냐하면 그 녀석에게 나는 빌을 유괴한 변태거든? 또 몸싸움을 벌이게 될 거라고."

"저를 빼앗은 책임을 지고 싶지 않다는 건가요?"

"아니, 그런 것도 아닌데."

"즉 저 때문에 코마리 님이 곤란하시단 거네요. ……알겠습니다, 우유부단한 코마리 님을, 제가 유괴해 버리죠."

빌이 나의 팔을 잡고 천천히 들어 올렸다.

뭘까? 손금이라도 봐 주는 건가? ――그런 태평한 기대는 한순간에 무너졌다. 빌 녀석이 갑자기 내 손목을 깨문 것이다.

따끔.

"꺄아아아아아아아!!"

"꺄아아아아아아아?!"

나와 에스텔은 함께 절규했다. 빌의 갑작스러운 기행에 머리가 따라주지 않는다. 츕츕, 하고 피를 빨릴 때마다 내 몸이 계속해서 뜨거워져 갔다.

"이봐, 그만해!! 네 그런 변태 행위가 사쿠나나 에스텔에게 악영향을 미친다고!"

"빌 씨, 입에서 피가 흐르고 있어요! 닦아드릴게요!"

"――잘 먹었습니다."

어느새 빌이 나의 팔에서 입을 뗐다.

녀석은 에스텔에 의해 입가를 닦으면서 만족스러운 표정을 짓고 있었다.

흡혈귀의 흡혈은 신뢰를 드러내는 행위이기도 하다.

즉, 이 녀석은 자기한테 맡기라고 하는 것이다.

주인의 마음에 깃든 고뇌를, 전부 강제로 파괴하려 하고 있다.

……하지만, 그건 딱히 공평하다고 할 수 없다.

"코레트 님을 상처입힌 것은 저입니다. 신경 쓰지 말고 여행을 이어가죠. 저는 일단 숙소로 돌아가겠습니다——."

"잠깐 기다려!"

떠나려고 하는 빌의 손목을 잡았다.

비취색 눈동자가 경악으로 물들어간다.

"코레트와 너를 떼어놓는 건 바로 나야! 그러니까 너에게 전부 떠넘길 수는 없어!"

"네? 저기……."

"가만히 있어! 이건 복수야."

나는 가차 없이 그녀의 손가락을 깨물었다.

에스텔이 다시 "꺄아아아?!" 하고 부끄러운 듯이 외쳤다.

긴장해서 딱딱하게 굳은 빌의 손가락에서 피가 흘러나온다. 그녀는 "갑자기 제 손가락을 빨다니 유아 퇴행인가요?!"라고 영문 모를 소리를 중얼거리고 있었다.

붉은 액체를 날름 핥았다.

멋대로 【고홍의 애도】가 발동해 마력의 폭풍이 발생했다.

그래도 상관없었다. 지금의 나라면, 어느 정도는 제어할 수 있다——.

——그리고 이 행위는, 판도라의 상자를 여는 방아쇠가 되었다.

"정말 기다려 주세요, 코마리 님. 【판도라 포이즌】이——."

나는 떠올렸다.

지난번 빌이 열핵해방을 발동하고 나서, 이미 6일이 지나 있었다.

즉── 다시 미래를 볼 수 있게 된 것이다.

빌의 눈동자가 새빨갛게 물들어 있었다.

초점이 맞지 않는다. 내가 아니라 미래의 영상을 응시하고 있는 것이다.

그녀는 움찔 어깨를 떨며 말했다.

"미래는…… 전혀 변하지 않았어요……."

"뭐……?"

"알카의 병사도 트레몰로 파르코스텔라도 쓰러뜨렸는데……, 전혀 변하지 않았습니다. 코마리 님은 내일 제 곁에서 잠자듯이 돌아가실 거예요……."

"…………………………………………………정말로?"

"정말입니다."

남이 기껏 결의를 굳혔는데──.

죽음까지 앞으로 1일.

역시, 나는 빌과 함께 있어선 안 되나 보다.

만찬회 이후 2일.

코레트 뤼미에르는 기묘한 것을 목격했다.

소꿉친구 빌헤이즈가 물방앗간의 앞에 앉아 하늘을 올려다보고 있었다.

온몸의 근육이 이완했고 입에서 혼이 빠져나가 있다. 심각하게 변해버린 모습에, 코레트는 잠시 말 걸기를 주저했다.

"왜, 왜 그래? 테라코마리에게 이상한 일이라도 당했어?"

"아……, 아아아……, 아아아아아아아……."

끼기기기……, 기계 같은 동작으로 빌이 이쪽을 돌아봤다.

코레트는 조금 기겁했다. 심상치 않게 낙담한 모습이었다.

"저기……, 같이 밥 먹지 않을래? 뤼미에르가 사람이 햄버그를 만들어 줬는데……, 근데 잠깐?! 그쪽은 수로인데?! 물이 불어나서 위험하거든?!"

"아아아아아아!! 아아아아아아!!"

코레트는 거품을 물며 빌을 막았다.

"무슨 일이 있었어?! 또 테라코마리에게 성희롱당했어?!"

"아니, 아니에요……. 코마리 님은…… 코마리 님은!! 저를 두고 제도로 가 버렸어요……!!"

코레트는 눈을 끔벅였다.

두고 갔다고? 빌을 그렇게 좋아하는 변태 흡혈귀가?

그보다 그 녀석, 뤼미에르 마을을 떠났어? ――머리가 물음표로 가득 찼다.

"코마리 님 방에 편지가 남아 있었어요. 이걸 봐 주세요……."

울상인 빌은 품에서 한 장의 편지를 꺼냈다.

코레트는 어째서인지 두근두근하면서 그것을 대충 훑어본다.

[빌에게

네리아와 함께 출발할게. 에스텔을 잘 부탁할게.

코레트나 마을 사람들에게 잘 말해줘.

코마리]

뭐야, 이거. 둘이 싸우기라도 한 건가.

"코마리 님의 생각은 이해할 수 있습니다……. 저와 함께 있으면 죽어버리니까요. 하지만 그것과는 다른 부분에서 '미움받은 게 아닌가'하는 불안도 있습니다."

"이해가 잘 안 되는데……, 그 녀석에게 무슨 짓을 했어?"

"무단으로 피를 빨았습니다."

코레트는 졸도할 뻔했다.

이 소녀는 어느새 어른의 계단을 오른 모양이다.

오히려 코레트가 무시당한 기분이었다.

"그, 그러면 미움받는 게 당연하잖아?! 갑자기 피를 빠는 건 치한 같은 짓이거든?!"

"그래서 뒤쫓을 수도 없습니다. 게다가 편지에는 '에스텔을 잘 부탁할게'라고 적혀 있었습니다. 이것은 뤼미에르 마을에 대기하라는 명령이에요."

"그렇구나……."

"아아아……. 아아아아아아아……!! 저는 메이드 주제에 주인에게 무슨 짓을 한 걸까요……. 발가벗고 마을을 질주해서 참회할 수밖에 없겠어요……."

"그만해!! 테라코마리의 변태성이 옮은 거야?!"

코레트는 빌의 기행을 전력으로 뜯어말렸다.

잠시 투닥투닥하자 그녀는 얌전해졌다. 느릿느릿 돌바닥 위에 무릎을 모으고 앉는다. 그리고 모든 행복을 방출할 기세로 "하아아아아아" 하고 성대한 한숨을 내쉬었다.

빌이 슬퍼하는 것을 보는 건 슬프다.

하지만―― 한편으로 들떠 하는 자신이 있었다.

테라코마리에겐 확실히 신세를 졌다. 그 녀석은 알카의 군세에 쫓기는 코레트를 외면하지 않았다.

그러나 그녀는 코레트의 평화를 위협하는 적이라는 면도 가지고 있었다.

만찬회에서는 덕분에 엎어져서 진흙투성이가 되었고.

――고소하다.

코레트는 내심 혼자 싱글벙글해서 빌의 어깨에 손을 얹었다.

"괜찮아, 빌! 내가 옆에 있으니까."

"코레트 님……."

빌은 눈물을 닦고 돌아보았다.

그 행동은 어린 시절의 그녀와 아무것도 변한 게 없다.

"……그렇네요, 일단 마을에서 대기하죠."

코레트는 활짝 웃었다.

그녀를 뤼미에르 마을에 묶어놓는 것은 간단할 듯했다.

이제 빌이 '빌'인 증거를 찾기만 하면 된다.

☆

"하아아아아아아아아아아……."

저세상의 거리.

나는 터벅터벅 걸으며 머리를 싸매고 있었다.

네리아가 "뭐 하는 거야"라며 질렸다는 어조로 뒤를 돌아보았다.

"이건 네가 정한 일이잖아. 끙끙거려도 별수 없어."

"그렇긴 하지만……."

"빌헤이즈와 함께 있으면 죽는다는 예언이 나온 거잖아? 그렇게 되는 원인을 알 수 없으니까 대처할 수도 없어. 너는 메이드와 헤어질 수밖에 없었다고."

"그렇긴 한데에……!!"

나의 머릿속에서는 빌에 관한 불안이 홍수처럼 날뛰고 있었다.

뤼미에르 마을을 떠난 것은 새벽이다. 빌을 위해 메모를 남기고, 아무리 흔들어도 꿈속에서 돌아오지 않는 네리아의 코를 집고 두들겨 깨우고, 병실에서 목도를 휘두르며 무모하게 훈련을 벌이던 에스텔을 질책하는 한편 사정을 알리고, 둘이서 짐을 정리하고 서둘러 출발했다.

딱히 제도까지 가는 건 아니다.

오늘 죽을 운명을 회피하기 위해서 잠깐 이웃 마을로 이동할 뿐이다.

기습 같은 느낌으로 출발한 건 아마 코레트에 대한 죄책감 때문이다. 이번 기회에 빌이 소꿉친구(가정)와 본심을 털어놓고 얘기하게 해보자. ……그 결과 빌이 '빌'이라고 판명되면 그건 그것대로 큰 문제지만.

"젠장. 없을 때마저도 나를 곤란하게 만들다니……, 그 메이드……."

"괜찮아. 무슨 일이 있어도 언니가 어떻게든 해 줄게."

"고마워. 하지만 너는 언니가 아니야."

뭐 고민해도 별수 없다. 지금은 묵묵히 걷는 것에 전념하자.

네리아가 "자, 그럼" 하고 두 개의 태양이 떠오르는 푸른 하늘을 올려다봤다.

"갈 길을 서둘러야지……. 선생님은 잘 지내실까. 나를 기억해주실까."

"잊을 리 없잖아, 너처럼 임팩트 있는 아이는 또 없으니까."

"후후후. 그렇다면 좋겠는데."

거기서 문득 네리아가 뭔가를 깨달았다.

에메랄드색 눈동자가 산 너머──, 하늘 저편을 가만히 응시하고 있다.

나도 덩달아 그쪽을 바라보았다.

저 멀리 거대한 탑 같은 것이 세워져 있다.

"저거…… 아마 '신을 죽이는 탑'이겠지."

"그래? 아아, 코레트가 그런 말을 했던가."

'신을 죽이는'이란 말을 듣고 떠오르는 것은 '신을 죽이는 사악'이다.

그 테러리스트 아가씨는 지금 어디서 뭘 하고 있을까.

"지도에도 제대로 나와 있어. 저세상의 세계 유산에도 등록되어 있나 봐."

나는 네리아가 들고 있는 지도를 들여다봤다.

거기에는 '세계 유산'이라고 아기자기한 글자로 적혀 있었다.

그런데 이 지도……, 자세히 보니 귀여운 동물이나 특산품 일러스트가 대량으로 그려져 있는데? 이거 완전히 어린이용이지? 우리 이런 걸 보고 여행하고 있었어?

"일반인은 출입 금지네. 조금 아쉽다."

"그러고 보니 '신을 죽이는 탑'은 세계 한가운데에 있는 거지?"

"지도상이라면 이 근처는 저세상의 중앙이야. 프레질의 홍설암에서 본 '황천 사본'──, 뒤집힌 마을도 어쩌면 근처에 있을지 몰라."

뭔가 비밀이 있을 것 같다.

하지만 정보가 적어서, 희대의 현자의 두뇌를 구사해도 잘 모르겠다.

나는 창공에 떠오른 희미한 탑의 그림자를 응시했다.

높이는 뮬나이트 궁전의 100배 정도. 벽은 새하얗다. 화려함이 느껴지지 않는 검소한 모습이다. 여기서 보면 창문이 하나도 없는 것 같은데 환기 같은 건 괜찮은가? 들어갔다가 질식하는 건 아니겠지?

"뭐 사소한 건 아무래도 좋아. 갈 길을 서두르자."

"응."

우리는 다시 이웃 마을을 향해 걷기 시작했다.

그런데 문득, 뒤에서 뭔가가 무너지는 소리가 났다.

"……?"

간헐적으로 땅울림 같은 진동이 전해져 온다.

디잉. 디잉――. 귀에 익은 악기의 음색이 귀 안쪽에서 울려 퍼지고 있다.

네리아가 "불길한 예감이 드네" 하고 뒤를 돌아보았다.

상황은 잘 모르겠지만……, 단 하나 말할 수 있는 건, 뤼미에르 마을 쪽에서 뭔가가 일어났다는 것이다.

☆(조금 거슬러 올라가)

"――큰일 났어요! 빌 씨!"

뤼미에르가의 식당.

끊임없이 들려오는 코레트의 잡담에 귀를 기울이면서 빵을 갉아먹고 있는데, 갑자기 문이 벌컥!! 열렸다.

빌은 놀라서 뒤를 돌아본다.

거기에는 제7부대의 신인, 에스텔 클레르가 울 듯한 표정으로 서 있었다.

복장은 환자복. 머리도 평소처럼 하나로 묶은 게 아니라 푼 상태다.

그것도 그렇겠지——. 그녀는 진료소에 입원하고 있었으니까.

"에스텔? 어떻게 된 겁니까? 배의 상처는——."

"그럴 때가 아닙니다! 적습이에요!"

코레트가 "뭐?" 하고 얼어붙는다.

에스텔은 아픈 듯 배를 누르면서 말을 이었다.

"알카의 군세는 전멸한 게 아니었어요……, 폐허 도시에서 있었던 일은 함정이었던 거예요. 트레몰로 파르코스텔라 짓이에요……. 마을이 부서지고 있어요……!"

난데없이 무언가가 폭발하는 듯한 소리가 울린다.

더욱이 군의 환성 같은 것도 들렸다.

알카 무리가 앞뒤 가리지 않고 파괴하고 있나 보다.

갑자기 코레트의 팔이 떨리는 게 보였다. 그녀는 완전히 새파래져 있었다.

"이거 나 때문인 거야……? 내가 도망쳐서……."

"아니에요. 잠깐 보고 오겠습니다."

"앗, 빌!"

빌은 코레트의 제지를 뿌리치고 뤼미에르 저택을 뒤로했다. 에스텔이 "동행하겠습니다"라며 따라붙는다. 무슨 일이 일어나고 있는지는 모르겠다──. 하지만 지금은 상황을 확인하는 것이 우선이다.

결론부터 말하자면 상황은 별로 좋지 않았다.

알카의 군세는 예고도 없이 공격을 가했다. 마을 중앙에 세워져 있던 망루가 새빨갛게 불타오르더니 소리를 내며 무너진다. 이어서 옆에 있던 가옥 세 채가 농담처럼 폭발했다. 놈들이 대포인가 뭔가를 쏘고 있는 것이다.

도망치는 사람들에게는 가차 없이 검이 휘둘러졌다.

피가 사방으로 튄다. 무고한 사람들은 너무나도 쉽게 생명을 빼앗긴다.

"아……. 어버버……. 큰일이에요……. 큰일 났어요……."

에스텔이 떨리는 손으로 체인 메탈을 움켜쥐었다.

이곳은 마핵이 없는 세계. 살해당한 사람들은 되살아나지 않는다.

"빌 씨, 빨리 막아야만……."

"……'막는다'라는 발상은 잘못됐어요. 피난하죠."

상대는 아마도 천 명 단위의 군세다.

빌이 아무리 쿠나이를 휘두른다 해도 괜한 저항에 불과하겠지.

이번에는 두 채 옆에 있는 집회소가 날아갔다.

빌은 에스텔을 껴안고 땅에 엎드렸다. 또다시 대포가 발사된 것 같다. 돌풍을 바라보는 사이에 싸움은 점점 격화되어 간다.

"진료소는…… 진료소는, 이미 부서져 버렸어요……. 저 이외

에도 입원한 사람이 있었는데 갑자기 폭탄이 날아와서요. 저는
우연히 밖에 있어서 운 좋게 살았는데 그 후로 모두 흩어져 버
렸어요…….”

“그럼 찾아야겠네요.”

“아, 아니에요……. 흩어졌다는 건, 몸이 그렇게 됐다는 뜻인
데…….”

공포에 위축된 에스텔의 말은 심하게 꼬이고 있다.

울컥거리는 것을 꾹 참는다. 그녀가 무사했던 것만이라도 기
뻐하자.

어쨌든 숨을 장소를 찾아야 한다. 그리고 코마리에게 연락해
야만——. 아니, 그것은 허락되지 않는다.

아마 【판도라 포이즌】으로 예지했던 참극의 발단은 이거겠지.

코마리는 이 싸움에서 목숨을 잃을 가능성이 크다.

그러니까, 자기들 힘으로 빠져나가는 수밖에 없다.

“6년 전과…… 똑같네…….”

출입구 쪽에 코레트가 서 있었다.

멀리서 마을의 중역들이 “무사하냐, 코레트!”라며 달려온다.
그들은 소중한 차기 무녀 공주가 건재한 것을 확인하더니 안도
의 숨을 내쉬며 걸음을 멈추었다.

“자, 빨리 도망치자. 녀석들은 뤼미에르 마을을 멸망시킬 생
각이야……!”

“안 돼, 마을의 위병으로는 당해낼 수 없어! 빨리 제도에 연락
해야 해!”

"칫……. 자, 코레트, 멍하니 서 있을 때가 아니야!"

부촌장이 코레트의 팔을 잡고 힘껏 잡아당긴다.

그러나 그녀는 미동도 하지 않은 채 창백하게 질린 얼굴로 말을 내뱉고 있었다.

"6년 전……, 싸움으로 많은 사람이 죽었어. 내 진짜 엄마랑 아빠도……. 그리고 빌이 사라졌어……. 또 비극이 반복되려 하고 있어……."

"코레트……, 당신 부모님은……."

"살해당했어. 그래서 나에겐 빌밖에 없었던 거야."

빌은 말문이 막혔다.

그녀가 소꿉친구에게 이상하게 집착하는 건 그런 배경이 있었기 때문인가.

"어쩌지 빌……, 그때와 같은 일은 두 번 다시 겪고 싶지 않아……!"

"──같지 않습니다."

디잉.

뭔가가 바뀌는 기척이 났다.

공포심이 앞질러 간다. 전화(戰火) 너머에서 비파를 짊어진 소녀가 걸어오는 것이 보였다. 기묘한 법의 주머니에 손을 찔러넣은 채 부끄러운 듯 미소를 띠고 있다.

'해주' 트레몰로 파르코스텔라.

월급 용병단 '성채'의 멤버.

"같지 않습니다, 같을 수 없어요, 코레트 뤼미에르. 이 참극은 인연의 결과이며, 결국 모두 당신의 자업자득. 인과응보."

코레트가 움찔 떤다.

빌은 쿠나이를 들고 한 걸음 앞으로 나왔다.

"트레몰로 파르코스텔라. 당신은 코마리 님이 처리했을 텐데요."

"당신들이 본 건 가짜입니다. 기절한 병사에게 저와 같은 옷을 입혀 두었죠. 이 특징적인 복장은 이럴 때 편리해요——. 대부분 사람은 언뜻 보기만 해놓고 저로 오인하죠. 그게 본인인지 아닌지 자세히 조사하려고 하지는 않아요."

어찌 이렇게 교활할 수가. 아니, 어찌 이렇게 경솔했을까.

하지만 지나간 일을 후회해도 어쩔 수 없는 것이다.

"……당신의 목적은 대체 뭐죠?"

"우리 '성채'의 비원은 인류 멸망. 그리고 그 첫걸음으로 무익한 분쟁을 일으키라는 지시를 받았습니다."

트레몰로는 뺨을 붉히며 미소를 짓는다.

"코레트 뤼미에르, 당신은 알카에서 벗어나 자유가 되었다고 생각했죠? 그러나 결국은 법사의 손바닥을 벗어나지 못했어요. 당신이 찾아낸 고향이라는 버팀목은 저의 새끼손가락. 애초에 호송 마차를 습격하고 손을 써놓은 건 바로 저였습니다."

"그게 뭐야……? 감사 인사라도 하라고……?"

"감사 인사라면 제가 하고 싶을 정도네요. 당신이 도망침으로써 수많은 인간이 괴로워하고 있어요. 알카의 백성, 뮬나이트의 백성, 기타 나라의 사람들——. 그들은 코레트 뤼미에르가 도주함으로써 비극에 휩쓸렸습니다. 이건 지옥에 떨어질 만한 죄네요."

"아, 아냐……. 나는……."

"소꿉친구를 생각하는 마음은 훌륭합니다. 그러나 저기서 죽은 사람들은 당신이 뤼미에르 마을에 돌아온 것을 원망하고 있겠죠?"

코레트의 몸에서 힘이 빠진다.

같은 조직에 속해 있는 만큼, 로샤 네르잔피와 비슷한 수법을 사용한다.

그러나, 이 소녀의 경우는 적을 절박하게 만들기 위한 방책이고 뭐고 없었다.

그 증거로── 트레몰로는 순진하게 웃으며 이런 말을 했다.

"안심하세요. 뮬나이트의 원군은 불러 두었습니다."

"뭐……?"

"알카와 뮬나이트가 충돌하면 많은 사망자가 나오겠죠. 그게 더 슬픔의 절대량이 많아질 테니까요."

"………………………."

사상을 전혀 이해할 수 없다.

과거 칼을 맞댄 뒤집힌 달보다 몇 단계는 더 망가진 것 같다.

이 소녀는 단지 분쟁을 일으키기 위해 암약하는 것이다. 사람이 아무리 죽어 나가도 마음이 동하는 일은 없다. 이런 인간이 이 세상에 있다니──.

"웃기지 마, 무법자 자식!"

부촌장이 노기를 드러내며 한 발짝 앞으로 나왔다.

"네놈의 계획 따위 뮬나이트 제국이 파괴해 주지!"

"그것 또한 여흥. 전란의 불씨가 많아서 나쁠 건 없죠."

"닥쳐! 지금 당장 잡아서 군에 넘길 테다."

디잉. 디잉.

현이 휘어지는 듯한 소리가 들렸다.

직후, 부촌장의 가슴에서 피의 물보라가 넘치는 광경을 목격했다.

"움직이지 말아 주세요. 계율을 어기는 짓은 피하고 싶습니다……."

이유 모를 충고가 빌의 귀를 스쳐 갔다.

찢어 발겨진 부촌장이 땅으로 털썩 쓰러진다. 코레트나 마을 사람들이 공포에 가득 찬 절규를 지른다. 에스텔은 기겁하며 주저앉아 버렸다.

사고가 무너져 어떻게 움직이는 것이 적절할지 짐작조차 가지 않는다.

부촌장이 괴로움에 허덕이는 것을 보고도 "아아" 하는 신음밖에 나오지 않는다.

마을은 공황 상태에 빠져 있다.

곳곳에서 무언가가 파괴되고 사람이 살해당한다.

자기 고향일지도 모르는 곳이 엉망이 되어 간다.

굉음.

뤼미에르가에 화포가 터졌다.

빌은 땅에 납작 엎드리면서, 사고가 재기동하는 것을 자각했다.

공포에 떨고 있을 때가 아니다.

코마리라면 꺾이거나 하지 않는다. 무한대의 상냥함으로 눈앞의 적과 대치할 것이다.

빌은 쿠나이를 꽉 쥐고 일어섰다.

"……더 이상 마을 사람들을 다치게 두지 않아. 너는 여기서 내가 막는다."

코레트가 "그만해, 그만해"라고 울면서 달라붙는다.

그러나 자신이 이 악마 같은 소녀를 막아야 한다.

코마리도 네리아도 여기에는 없다. 그 외에 의지할 사람은 없다.

"이런, 용감하군요. 하지만 무모하기 짝이 없어."

"나에겐 미래를 내다보는 이능이 있어. 당신은 나에게 패배할 운명이야."

"무릎이 떨리고 있군요. 아이처럼 서투른 거짓말이네요."

트레몰로가 조소한다.

확실히 마음은 공포에 지배되고 있었다. 빌헤이즈의 본분은 전투가 아니다——. 게다가 이번에는 상대가 너무 별로다. 마법도 열핵해방도 아닌 인체 절단 기술. 그리고 살인을 전혀 주저하지 않는 이상성. 이런 상대를 무서워하지 말라는 게 더 무리한 요구다.

마을 사람들이 "그만해, 도망가!"라고 외친다.

그들은 걱정해 주는 것이다. 그 마음에 응해야만 했다.

테라코마리 건데스블러드라면 그렇게 할 테니까.

뭔가가 휘어지는 소리가 들렸다.

그것을 신호로 빌은 땅을 박찼다. 아까까지 서 있던 장소에 날카롭게 베인 자국이 생겼고, 장렬한 땅울림이 일어났다. 어느샌가 회복한 에스텔이 코레트를 안고 후퇴한다. 역시 트레몰로는 원격으로 대상을 절단하는 기술을 사용하는 것이다.

"의외로 빠르군요. 감탄했습니다."

다시 무언가가 휘어지는 소리가 들렸다.

빌은 순간적으로 쿠나이를 투척했다. 직선적인 궤도를 그리고 있던 쿠나이는 어째선지 도중에 떨어지고 말았다. 그때 뭔가가 절단되는 듯한 기색을 느꼈다.

──디잉, 디잉.

쭉 비파의 음색인 줄 알고 있었다.

그건 절반은 정답, 절반은 오답이었을지도 모른다.

품에서 꺼낸 3개의 쿠나이를 일제히 내던진다. 그것들은 모두 트레몰로에게 다다르기 전에 방향이 바뀌고 말았다. 하지만 빌은 보았다──. 햇빛을 받아 빛나는 무언가가, 쿠나이에 절단되어 날아가는 광경을.

실.

즉 이 소녀는 한없이 투명에 가까운 실을 침으로써 적을 해체하고 있었던 것이다.

자세한 구조는 모르겠다.

실이 날아오는 것은, 그녀가 주머니에 손을 넣고 있을 때다.

분명 저 법의 안쪽에서 능숙하게 조작하고 있겠지.

"──눈치챘나요. 느리네요."

"느린 것은── 네 쪽이고!"

바람이 부는 아래쪽에 있으므로 독 연기는 사용할 수 없었다.

믿을 것은 자신의 힘뿐. 빌은 옆쪽에서 다가오는 실을 간발의 차로 절단하면서 돌격을 감행한다. 쿠나이를 투척하고 상대의 움직임을 견제, 트레몰로가 살짝 몸을 지키려고 하는—— 그 타이밍에 맞추어 힘차게 도약했다.

그러나 그것은 적을 끌어들이기 위한 함정이었던 것 같다.

단차가 바로 코앞에 있었다.

실에 의해 찢긴 땅이 약간 부풀어 올라 있었다.

발이 걸려, 얼빠진 느낌으로 고꾸라졌다.

"제 실은, 투모루 공화국산 만다라 광석을 가공한 신구《명호현(名号鈦)》. 의지력을 담으면 실체화하고, 조금의 힘만 실어도 모든 물질을 절단할 수 있죠."

득의양양한 해설 따윈 귀에 들어오지 않았다.

지면이 천천히 다가온다.

아니——. 지면 정도가 아니다. 발밑에 깔려 있는 살육의 실의 소용돌이가, 천천히 다가온다. 그것은 마치 벌레를 잡는 거미의 둥지.

회피할 수 없었다.

두려움이 증폭되고, 식은땀이 등에서 뿜어져 나온다.

죽음을 감지하고 머릿속에서 질척한 절망이 싹튼 순간.

"——빌! 무리하지 마!"

누가 몸을 받쳐 주었다.

코레트가 필사적으로 빌의 팔을 잡고 있었다. 그대로 쭈욱 끌려가 등 뒤에서 비틀거린다. 빌은 코레트를 말려들게 하는 형태로 땅에 쓰러져 버렸다.

눈앞에는 하늘색 소녀가 눈물을 흘리며 앉아 있었다.

"싫어! 더는 싫어! 전쟁 따위 싫어——. 도망치자, 함께!"

"코레트 님……."

"이번에야말로 내가 빌을 지킬게! 그러니까."

"헛수고야."

디잉.

실이 휘어지는 소리가 울려 퍼졌다.

코레트의 어깻죽지에서 피가 터져 나왔다.

놀라움도 도가 지나치면 비명조차 나오지 않는다는 것을 깨달았다.

아무튼 코레트의 오른팔은 빙글빙글 돌며 날아갔다. 꼭 악몽 같은 광경이었다. 그러나 그것은 현실임이 분명했다.

피투성이 팔이 뤼미에르가의 테이블에 떨어짐과 동시에 그녀의 몸이 덜컥 기울었고, 곧 지면에 쓰러졌다.

"코레트……!!"

빌은 핏기가 가신 기분으로 코레트에게 다가갔다.

하늘색 소녀는 신기한 표정으로 하늘을 올려다보고 있었다.

미끈미끈한 대량의 피가 지면을 적셔 간다.

마을 사람들은 소리도 내지 못했다. 빌도 소리를 내지 못했다.

"아……, 아아……."

"안심하세요. 그분의 심장을 찢진 않을 테니까. 왜냐하면 차기 무녀 공주를 죽이는 데는 좀 더 효과적인 타이밍이 있기 때문입니다──. 그나저나 곤란하네요? 이대로 두면 출혈로 죽어 버릴 위험성이 있겠어요."

살인귀의 난처한 듯한 목소리.

트레몰로 파르코스텔라는 "뭐 상관없죠"라며 웃었다.

"그것도 또한 여흥. 자, 다음은 빌헤이즈 차례입니다."

어딘가에서 또 가옥이 폭발했다.

코레트가 "아아" 하고 체념한 것처럼 숨을 토해냈다.

"나…… 죽는 거야……?"

"코레트……! 그런…….

그녀의 슬픔에 물든 표정을 내려다보고 있었을 때, 문득 심한 두통을 느꼈다.

봉인되어 있었을 터인 기억이, 서서히 색을 되찾아 갔다.

비, 바람, 천둥.

불타는 집, 누군가의 외침.

어린 빌헤이즈의 손을 잡고 숲속을 뛰어가는 작은 소녀의 뒷모습.

그리고 세계를 뒤덮는 붉은 마력.

──안 돼, 생각나지 않아.

기억은 중요한 곳에서 모자이크되어 있고 그것이 무엇을 의미하는지 전혀 모르겠다. 그런 건 아무래도 좋았다.

눈앞에서 죄 없는 소녀가 죽어 가고 있다.

빌헤이즈를 생각해 주고 있는, 소꿉친구일지도 모르는 소녀가──.

그 현실을 인식한 순간 빌의 몸이 전율하며 떨리기 시작했다.

나 때문에……, 나 때문에 이 소녀는…….

☆

코레트 뤼미에르는 전쟁으로 부모님을 잃었다.

남은 것은 소극적인 소꿉친구 빌헤이즈뿐.

지금도 선명하게 떠올릴 수 있다──. 그 전란의 날, 두 사람은 손을 맞잡고 뇌우 치는 숲을 달렸다. 뒤쫓는 것은 차기 무녀 공주── 빌을 노리는 야만스러운 녀석들. 놈들은 꽃이라도 따는 듯이 가볍게 사람을 죽였다. 인간이 아니었다.

코레트는 얼굴을 눈물로 적시며 빌의 손을 잡아끌었다.

부모님은 눈앞에서 두 동강 나고 말았다. 마지막에 그들은 "도망쳐"라고 외쳤다. 그래서 코레트는 도망칠 수밖에 없었다.

그렇지만 빌을 두고 갈 순 없었다.

그 겁쟁이인 소꿉친구를 내버려 두면 부모님처럼 살해당할 것이다.

코레트는 슬픔을 억누르며 그저 달렸다.

불타오르는 뤼미에르 마을을 돌아보지도 않고 비명에 가까운 말을 짜낸다.

──너는 내가 지킬 거야. 나에겐 이제 너밖에 없으니까.

빌은 소리 없이 크게 오열하고 있었다.

어떻게 해서든 살아남아야 한다고 생각했다.

그러나 운명은 잔혹했다.

큰비 탓에 산사태가 일어난 것이다.

격렬한 천둥에 시야가 하얗게 물들었다. 세계를 뒤흔드는 진동 소리가 당분간 이어졌고——, 문득 깨달았을 때 빌은 홀연히 자취를 감추어 버렸다.

——빌. 어디 간 거야……?

찾고 또 찾아보지만 찾을 수가 없었다.

이렇게 코레트 뤼미에르는 모든 것을 잃었다.

소꿉친구를 지키지 못했다. 그날 이후 쭉 코레트는 뇌우 속에서 살고 있다. 친한 사람들과 강제적으로 헤어지는 괴로움. 원해도 얻을 수 없는 괴로움. 그리고—— 그 비극이 다시 반복되려 하고 있다.

"코레트! 코레트……!!"

"빌……?"

슬픈 듯이 우는 빌의 얼굴이 바로 앞에 있었다.

그렇다, 팔이 베어져 날아간 것이다.

통증조차 느껴지지 않을 만큼 감각이 둔해져 있다. 아마 이대로 죽는 것이리라.

"코레트……. 아아, 어떻게 해야……."

어느새인가 '님'이 빠져 있다.

소꿉친구에 관해 기억을 떠올린 걸지도 모른다.

하지만 기뻐하고 있을 여유가 없었다.

"그리운 광경이네요."

악마가 멀리서 웃고 있다.

트레몰로 파르코스텔라가 유쾌한 듯이 말을 자아낸다.

"이 마을은 6년 전에도 희생이 있었죠. 그러나 그때와 같지 않습니다. 슬픔의 질은 지금이 훨씬 훌륭합니다. 그때 완전히 파괴해 두지 않길 잘했네요."

마음이 망가지는 것을 느꼈다. 그리고 눈에서 눈물이 흘러넘쳤다.

뭐 이리 심한 짓을 하는 걸까.

지금까지의 모든 슬픔의 원인은 이 녀석들── 용병단 '성채'였다.

분하다. 분하지만 아무것도 할 수 없다.

소꿉친구 빌은, 슬픔에 꺾여 꼼짝도 못 하고 있다.

"하나의 곡을 끝내보죠. 당신은 새로운 싸움의 불씨가 되는 겁니다."

트레몰로가 천천히 걸음을 옮긴다.

역시, 그때와 똑같다.

그때와 똑같이, 빌을 지키지 못하고 끝날 것이다.

디잉. 디잉.

섬뜩한 현 소리가 주위에 울려 퍼졌다. 마을 사람들의 비명도 들린다. 세계가 부서지는 소리가 난다. 아무리 버둥거려도 몸은 말을 듣지 않았다. 이대로 소중한 것이 악몽에 사로잡히고 마는 것일까──. 그런 절망에 시달리고 있었을 때.

문득.

하늘에서 황금색 빛이 비쳐 드는 것이 보였다.

"…………?"

오른팔에 위화감을 느꼈다. 피투성이 상처가 어느새 황금으로 채워지고 있다. 지혈이 되고 있는 것이다——. 정신을 차리고 보니 코레트 주변은 따뜻한 황금빛으로 가득했다.

반짝이며 쏟아지는 상냥한 금빛.

트레몰로가 엷은 웃음을 띠며 상공을 올려 보았다.

코레트도 그쪽을 바라본다.

순간 신이 강림한 것인 줄 알았다.

그렇지만 자세히 보니 다르다.

태양을 등지고 나타난 것은—— 황금빛 에너지에 감싸인 흡혈귀.

그리고 분홍색 빛을 몸에 두른 살의 넘치는 전류.

"코마리 님……, 어째서……."

빌이 환상이라도 본 것처럼 중얼거렸다.

테라코마리 건데스블러드. 그리고 네리아 커닝엄.

뤼미에르 마을을 출발했을 터인 두 사람이 돌아온 것이다.

그것도—— 코레트로서는 이해하기 어려운 절대적인 힘을 내면서.

"미안, 코레트."

갑자기 테라코마리가 코레트 쪽을 돌아봤다.

그 작은 입이 희미하게 움직였다.

Illustrations copyright©riichu

"빌을 지켜줘서 고마워."

무슨 말을 들었는지 알 수 없었다.

그래도 눈물이 계속해서 흘러나왔다.

"뒤는 나한테 맡겨. ——이 녀석은 내가 막을게."

테라코마리의 주변을 수없이 많은 황금 검이 맴돌고 있다.

그 모든 끝이 살인귀—— 트레몰로 파르코스텔라에게 향했다.

비파 법사는 경계하며 주머니에서 양손을 빼냈다.

그 손가락 끝에는, 반짝하고 빛나는 실이 대량으로 묶여 있었다.

"이게 말로만 듣던【고흥의 애도】로군요. 네르잔피 경이 참패한 것도 납득이 가는 강력함이네요."

"한 번 더, 죽어라."

테라코마리가 팔을 뻗었다.

황금 검이 고속으로 트레몰로를 덮친다.

마을을 둘러싼《명호현》의 실이 디잉디잉, 하고 잘려 나간다.

코레트는 꿈을 꾸는 기분으로 그 격렬한 싸움을 바라보고 있었다.

어째서인지 마음이 충족되는 기분이었다.

지금까지 쭉 단순한 꼬마라고 경멸해 온 흡혈귀지만——, 어찌 된 일일까. 지금의 그녀는 말로만 듣던 '초저녁의 영웅'처럼 늠름하고 용감하게 느껴진다.

☆

【판도라 포이즌】에 따르면, 코마리는 오늘 죽음을 맞는다.

그녀는 그것을 피해 뤼미에르 마을을 떠났을 텐데, 어째서인지 지금 이렇게 빌의 곁으로 돌아와 주었다. 게다가 열핵해방 【고흥의 애도】까지 발동시켜 가면서.

"코마리 님……."

"빌. 숨어 있어."

"하지만."

"됐으니까."

코마리는 마력을 폭발시켜 트레몰로의 실을 절단해 간다. 그때마다 날뛰는 《명호현》이 주변의 잔해를 버터처럼 찢어발긴다.

【진류의 검화】를 발동한 네리아가 트레몰로를 향해서 돌진했다.

분홍색 빛을 발하는 쌍검이 법의에 쳐박힌다──. 하지만 그녀는 종이 같은 몸놀림으로 가볍게 회피. 표적을 잃은 검이 옆에 있는 나무를 두 동강 냈다.

──그런 격렬한 공방이 수없이 반복되었다.

이대로는 전투의 여파로 주변 사람들이 다칠지도 모른다.

빌은 코레트나 부촌장들을 뤼미에르가의 잔해의 뒤로 데려갔다.

여기라면 일단은 안심이다.

"빌……, 괜찮아……?"

코레트는 괴로운 듯이 숨을 내쉬고 있었다.

남보다 자기 몸을 걱정하면 좋을 텐데.

그녀의 상처는 황금으로 차 있었다. 일단 출혈 때문에 죽을 걱정은 없다. 코마리의 열핵해방으로 이 소녀는 목숨을 건진 것이다.

하지만 그녀의 오른팔은 원래대로 돌아갈 수 없다.

자기 때문에 터무니없는 상처를 입히고 말았다.

아무리 사과해도 용서받을 수 없는 일이다——.

"나는 괜찮아. 이 정도는 하나도 안 아픈걸."

"코레트……."

"왜냐하면 너는 나를 지키기 위해서 맞서 주었어. 그래서, 나는 너를 지키기 위해서 노력했어. 이 정도 상처……, 빌이 신경 쓸 필요는 없어."

코레트는 왼손으로 빌의 머리를 쓰다듬어 주었다.

그 상냥함이 가슴에 스며든다.

자기도 모르게 눈물이 나온다. 자신은 이 '추정 소꿉친구'에게 너무 냉담했던 걸지도 모른다. 이렇게나 걱정해 주는 사람이 있었는데 그걸 제대로 돌아보지 않고, 자기 생각만 하며 달리고 있었다.

빌은 얼어붙어 있던 뺨을 움직여 어떻게든 미소를 지었다.

"……감사합니다, 코레트. 덕분에 살았어요."

"응. 나도 어떻게든 살아난 것 같네……."

"맞아요. 코마리 님이 왔으니까 이제 괜찮아요."

사실은 괜찮지 않다.

【판도라 포이즌】의 미래는 변하지 않았으니까.

그저—— 지금은 이제, 천명을 왜곡할 정도로 강력한 코마리의 의지력에 기대할 수밖에 없다.

갑자기 이름을 불렀다. 코레트가 울 듯한 얼굴로 "빌……"이라며 중얼거린 것이다.

"생각해낸 거지? 다시 뤼미에르 마을에서 같이 살자."

"코레트."

빌은 코레트의 떨리는 손을 잡았다.

공포 때문인지, 차갑고 새하얗게 변해 있다.

"어쩌면 저는 터무니없고 도리에 어긋나는 소꿉친구일지도 모릅니다. 그러니까 그 경우를 가정해서 말씀드릴게요——. 지금까지 당신을 소홀히 해서 죄송합니다. 저는 당신을 소중하게 생각하고 있어요."

그것은 참회와도 같았다.

자신의 존재 의의는 테라코마리 건데스블러드에게 봉사함으로써 완수될 것이라고 생각했다. 주인에게 헌신할 수 있다면, 나머지는 아무래도 좋다고 생각하고 있었다.

하지만 달랐던 것이다.

빌헤이즈에게도 소꿉친구가, 그리고 가족이 있다.

있다는 가능성이 있다.

"고마워, 빌……. 겨우 기억이 돌아온 거구나. 자, 빨리 도망치자. 마을 사람들과 네가 무사하다면, 나는 그걸로 만족해……."

"아니요. 도망칠 수는 없습니다."

빌은 살그머니 코레트에게서 몸을 떼어냈다.

그녀는 배신을 비난하듯이 눈을 크게 떴다.

"왜, 왜 그래? 어디 다쳤어? 아파서 움직일 수가 없어……?!"

"저는 '빌헤이즈 뤼미에르'가 아닙니다. 코마리 부대의 빌헤이즈입니다."

"그럴 수가……."

"당신이 소중하기 때문에, 저는 코마리 님과 함께 싸워야만 합니다."

세계는 악의로 가득 차 있다.

트레몰로 파르코스텔라 따위는 빙산의 일각에 지나지 않는다. 사람들의 사소한 행복을 엉망으로 망치고 싶어 하는 녀석들은, 얼마든지 차고도 넘친다.

코마리는 그런 바보들을 격멸하기 위해서 싸우고 있다.

빌이 마을이나 코레트를 지키기 위해 할 수 있는 일은 처음부터 정해져 있었다.

희대의 대영웅――의 씨앗. 테라코마리 건데스블러드의 오른팔로서 그녀의 패업을 서포트하는 것. 그것이야말로 빌헤이즈밖에 할 수 없는 일이다.

그러니까――.

"――다녀오겠습니다. 그 살인귀를 막기 위해서."

"잠시만! 빌이 싸울 필요는 없잖아?! 너는 예전부터 소심한 아이였어! 누군가와 싸운 적은 한 번도 없다고! 그런데……, 어째서……!"

"그만해라, 코레트."

부촌장이 얼굴을 찌푸리며 달랬다. 아무래도 살아 있었던 모

238 외톨이 흡혈 공주의 고뇌 8

양이다.

자세히 보니 그의 상처 역시 황금으로 지혈되어 있었다.

"마음은 알겠지만, 그 이상은 말해도 소용없어. 건데스블러드 씨나 커닝엄 씨와 함께라면 괜찮을 거다."

"하지만……!"

"똑똑히 봐라. 빌헤이즈 씨는 우리가 알고 있던 빌이 아니야."

코레트는 어둠에 망설이는 아이 같은 시선으로 바라본다. 그 것을 똑바로 응시하자, "앗……" 하고 무언가를 눈치챈 듯 입가를 가린다. 그 반응이 무엇을 의미하는지 빌은 알지 못했다.

코레트는 슬픈 듯이 눈을 감고 중얼거렸다.

"너는…… 성장했구나. 나와는 달리."

빌은 조용히 끄덕였다.

"언젠가 역할을 끝내면 함께 밥을 먹도록 하죠. 그때까지 부디 기다려 주세요."

쿠나이를 꽉 쥐고 발길을 돌린다.

뤼미에르 마을의 싸움은 격화되고 있었다.

한시라도 빨리 가세해야만 한다. 코마리 클럽이 힘을 합치면, 어떤 거대한 악이라도 이길 수 있을 테니까——.

"…………?"

빌은 갑자기 오한을 느끼며 하늘을 바라본다.

왠지 불길한 예감이 들었다.

살짝 기울어진 두 태양 너머.

암운의 그림자에 숨어, 불길한 별이 반짝이고 있는 것이 보인다.

☆

테라코마리 건데스블러드는 보고받은 대로 거물이었다.

단순한 전투 능력의 문제가 아니다.

이 흡혈귀에게는 절대적인 사명감과 신념이 있다. 그것은 트레몰로 파르코스텔라가 가슴에 간직한 야망과 동일——, 아니, 어쩌면 그 이상의 빛을 발하는 강력한 의지력이다.

황금으로 빛나는 검이 덮쳐든다.

트레몰로는 가옥에 걸쳤던 실을 거둬들이며 재빠르게 회피했다.

폭풍. 조금 전까지 서 있던 장소에 호우처럼 살육의 검극이 쇄도했다. 마을의 땅이 갈기갈기 찢겨 나가고 지옥의 검산(劍山)이 출현한다. 알카 병사들이 비명을 지르며 도망쳤다.

"누가 마을을 파괴하고 있는 건지."

디잉.

손가락을 움직여 실을 조종한다. 테라코마리 위치라면 마구간 부근의 알카 삼나무에 걸려 있던 496번을 당기면 되겠지——. 하지만 그녀의 목을 절단하기 위해 당긴 496번은 분홍색 검극에 의해 절단되고 말았다.

피잉. 날카로운 소리가 울렸고 알카 삼나무가 크게 휘어졌다.

트레몰로가 동요한 틈을 노리고 분홍색 전류가 달려온다.

네리아 커닝엄.

용병단 '코마리 클럽'은 리더에게만 눈길이 쏠리기 마련이다.

그러나 저 소녀도 헤아릴 수 없는 힘을 숨기고 있다. 결코 방심해서는 안 된다. 네르잔피의 보고에 따르면 '모든 것을 두동강내는 능력자'라는 것 같은데——.

"과연, 이타(利他)의 묘기인가요. 정말 훌륭하군요."

"너에게 칭찬받아도 하나도 안 기뻐!"

네리아가 쌍검을 휘둘렀다.

그것만으로도 트레몰로의 《명호현》은 보풀처럼 풀려 간다.

"깜찍하군!"

"그럼 이건."

트레몰로는 중지를 잡아당겼다.

뤼미에르 마을의 명물 '인면 바위'에 접속된 221번을 전속력으로 약동시킨다.

거대한 암석이 공처럼 덮쳐들었다.

네리아는 눈을 부릅뜨고 쌍검을 다시 쥐었지만, 이미 늦었다. 그 작은 틈을 놓칠 리가 없다——. 트레몰로는 즉석에서 68번을 당겼다.

분수에 동여맨 884번과 연쇄하여 사방팔방에서 살육의 칼날이 쇄도한다.

"윽."

'해주' 트레몰로 파르코스텔라는 성채 중에서도 으뜸가는 전투 능력을 자랑한다.

지금까지 트레몰로와 대치한 사람은 거의 예외 없이 분해되어 왔다.

유일한 약점은 '준비에 수고와 시간이 걸리는 것'.

만전의 상태로 싸우기 위해서는, 미리 《명호현》을 걸어 둘 필요가 있었다.

하지만 일을 신중하게 진행하면 전혀 어려울 게 없다.

트레몰로는 몰래 코마리 클럽의 뒤를 쫓아 뤼미에르 마을에 다다랐다.

그리고 마을 사람들이 환영회에 들떠 있는 사이, 알카 병사들에게 의뢰하여 줄을 쳐 두었다.

덧붙여서 트레몰로 자신은 마을 사람의 주의를 끌기 위해 변장한 채 북을 둥둥 치고 있었다.

부촌장이 기르는 개에게 들켜 쫓겨 다녔지만 큰 문제는 아니다.

어쨌든, 준비는 만전이다.

나무, 가옥, 바위, 단차, 밭, 굴뚝——. 마을의 곳곳에 트레몰로의 '손가락'이 장치되어 있다.

그렇다, 모든 것은 '해주'의 손바닥 위.

뤼미에르 마을로 도망친 시점에서 놈들의 패배는 정해진 것이다.

"죽어 주세요. 다음 생에도 사람으로 태어나길 빌어 두죠——."

"안 돼."

그러나 트레몰로의 계획은 빗나갔다.

황금빛 살의가 휘몰아친다.

다음 순간—— 네리아에게 육박했던 모든 장해가 날아가 버렸다.

테라코마리가 발한 수많은 칼날이 모든 것을 파괴한 것이다.

"뭐……."

네리아가 "고마워, 코마리!"라고 외치며 돌격한다.

트레몰로는 거품을 물며 실을 끌어당겼다.

389번──은 이미 잘렸다.

그렇다면 403번과 404번을 쓰는 수밖에 없다.

디잉. 디잉──. 꼭 악기를 연주하는 듯한 음색이 뤼미에르 마을에 울려 퍼진다.

피잉! 피잉! 그녀가 검을 휘두를 때마다 트레몰로의 살의가 해방되는 소리가 난다.

그러나 대처할 수 없는 공격은 모두 테라코마리가 대처하고 있었다.

황금색 마력을 확산시키면서 무수한 검이 사출된다. 그때마다 네리아는 트레몰로와의 거리를 좁혀 간다.

이 소녀들에게는 보이는 것이다──. 보통은 감지할 수조차 없는 《명호현》의 희미한 숨결이.

고도의 전투 훈련을 쌓은 자는 트레몰로의 의지력에 민감하게 감지해 대처한다.

예를 들면 같은 성채의 네르잔피나 네프티는 트레몰로라도 죽이는 데 애를 먹을 것이다.

테라코마리와 네리아는 이미 그 경지에 이르러 있는 것이다.

그것은 당연한 일일지도 모른다.

그녀들은 네르잔피의 음모를 망쳤다.

즉── 이미 성채에 패배를 맛보게 한 강자다.

"후후후. 제 상상보다 강하네요."

다시 최대한의 속도로 실을 당긴다.

그러나 무슨 짓을 해도 의미는 없었다.

네리아의 검과 테라코마리의 검에 의해 모두 절단되고 만다.

갑자기 비명이 메아리친다.

표적을 놓친 실이 알카 군사들을 갈기갈기 찢고 있었다.

그들의 희생을 딛고 네리아는 돌진해 온다.

디잉. 디잉──. 살의의 음악이 연주되는 거미줄 속, 분홍색 소녀의 아름다운 몸놀림은 마치 춤을 추고 있는 것 같았다.

그 초연한 광경에 한순간 시선을 빼앗겼을 때──,

깨닫는다.

"──이제야 겨우 도착했네. 죽어라."

이미 네리아 커닝엄이 눈앞까지 다가와 있었다.

트레몰로는 얼굴에 열이 쏠리는 것을 자각했다. 젊은 소녀의 올곧은 시선에 노출되니 왠지 부끄러워진 것이다.

"싫습니다."

탈출용 60번을 잡아당겼다.

아무리 트레몰로가 최강의 전투 능력을 자랑한다고는 해도 실 술사에게 흔히 있는 '근접전이 약점'이라는 정석은 벗어날 수 없다.

일단 거리를 벌리고 다시 해보자.

그렇게 생각하고 실의 흐름에 몸을 맡긴 순간──.

"꺄악."

실이 뚝 끊어졌다. 트레몰로의 몸은 관성력 때문에 뒹굴뒹굴

지면을 굴렀다. 짙어지고 있던 비파는 어디론가 날아가 버렸다.

"어──?"

그렇게 트레몰로는, 손가락에서 실이 쭉쭉 빠져나가는 것을 느꼈다.

황금빛 살의가 충만했다.

공중에 뜬 테라코마리가, 뤼미에르 마을에 비처럼 검을 쏟아 붓고 있었다. 대지가 푹푹 팬다. 그때마다 《명호현》이 뚝뚝 끊겨 간다. 트레몰로가 준비하고 있던 모든 책략이 양단되어 간다.

"아아……. 어떡해……. 1080개의 《명호현》이……."

"너의 패배야."

누군가가 흙을 밟는 소리가 들렸다.

네리아 커닝엄이 쌍검을 겨누며 이쪽을 노려보고 있다.

"투항해. 성채에 관해 이것저것 털어놔 주셔야겠어."

"그렇게는 안 되죠."

트레몰로는 품에서 《명호현》 다발을 꺼냈다. 이걸 마력으로 조종하면 조금 정도는 저항할 수 있다──그러나 또다시 트레몰로의 계획은 파탄 났다.

──꽈악.

"?"

《명호현》을 쥔 오른쪽 손목을 누군가가 붙들었다.

수상하게 여긴 트레몰로는 뒤로 시선을 돌렸다.

거기에는 눈동자에 분노가 깃든 소녀── 빌헤이즈가 서 있었다.

"겨우 잡았습니다. 죗값을 치를 시간이에요."

"이런, 이런. 이건 빌헤이즈……."

콜록.

갑자기 입에서 피가 흘러넘쳤다.

"어라──."

검붉은 혈액이 뚝뚝 떨어진다.

트레몰로는 괴로움에 허덕이면서 그 자리에 쓰러졌다. 위 언저리에 기묘한 감각이 응어리져 있었다. 머지않아 불타는 듯한 고통이 배 속에서부터 기어 올라온다.

이것은── 이 감각은.

설마.

"잠깐, 빌헤이즈! 독을 쓸 거라면 말해줘야지?!"

"그쪽은 바람이 부는 쪽이니까 괜찮습니다. ──자아, 트레몰로 파르코스텔라. 모든 응보를 받을 때가 온 것 같네요."

그래, 그런가. 이것은 독인가.

인과응보──. 지금까지 악행에 힘써 온 대가인 건가.

트레몰로는 가슴을 누르면서 주변을 둘러보았다.

배후에는 쿠나이를 겨눈 빌헤이즈. 눈앞에서는 네리아 커닝엄이 살의 어린 시선을 보내고 있다. 조금 떨어진 상공에서는 테라코마리 건데스블러드가 도검을 띄우고 있었다.

독이 돌고 있는 탓에 몸이 잘 움직이지 않는다.

알카 병사들은 조금 전 내린 도검의 비 때문에 달아나 버린 것 같다.

사람들은 멀거니 황금의 하늘을 올려다보고 있다.

뤼미에르 마을 모두가 트레몰로를 비난하고 있다.

슬픔이 가득 넘치고 있다──.

"끝이다."

테라코마리가 손을 내밀었다. 네리아 커닝엄과 빌헤이즈가 마을 사람들을 데리고 피난을 시작한다. 이제부터 눈앞의 비파 법사를 살해하기 위한 공격이 시작되는 것이다.

옆에서 보면, 그야말로 악을 청산할 때.

그러나── 트레몰로에게는 열의가 있었다.

성채로서 인류 멸망을 완수하기 위한 강렬한 의지력이 있었다.

"여기에 마지막 하나가 있습니다."

트레몰로는 오른손의 검지를 세웠다.

첫 번째 관절 주변에 희미하게 빛나는 《명호현》이 휘감겨 있었다.

"제게 남겨진 거미줄. 이것으로 당신을 잡겠습니다──."

피잉.

생명줄은 순식간에 끊어지고 말았다. 조금 늦게 뒤에 있는 잔해에 황금의 검이 꽂힌다. 아무래도 인정은 베풀어주지 않는 모양이다──.

"포기해라."

"──후후. 저는 포기하지 않아요."

하지만── 그 무관용이 치명적으로 돌아왔다.

갑자기 세계가 삐걱거리며 비명을 내질렀다.

나무들이 웅성거렸고 가옥이 기운다.

마을 사람과 알카 병사들이 "뭐야?!" 하고 경악하며 멈춰 섰다.

"? 뭐야."

"모르겠습니까? 마지막 현은 뤼미에르 마을의 생명선이었던 겁니다. 이 마을은 이미 망가져 있었어요——. 그걸 지탱하고 있던 실을 끊은 것은 당신입니다."

테라코마리의 용맹한 얼굴에 약간의 동요가 퍼진다.

이윽고 뤼미에르 마을의 지면에 몇 개의 균열이 생겼다.

파멸적인 소리를 내면서 대지가 함몰한다. 제방이 파괴된 것인지 강에서 흘러넘친 물이 용처럼 날뛰고, 여기저기에서 대홍수가 일어났다. 마을 사람이나 병사들이 잔해에 휩쓸려 간다. 천지가 진동하고 참극의 막이 열린다.

트레몰로는 독이 도는 몸을 채찍질하며 도약했다.

비교적 피해가 적은 기와지붕 꼭대기에 서서 영차, 하고 비파를 다시 짊어진다.

뤼미에르 마을의 대지는 미리 《명호현》으로 몇 개의 블록으로 분해해두었다.

아무도 눈치채지 못했던 이유는 간단하다——. 재차 《명호현》을 이용해 누더기처럼 기워 두었기 때문이다. 각각의 블록을 연결한 실을 절단해버리면 파멸이 찾아오는 것은 필연이다.

"자, 테라코마리 씨. 저를 상대하고 있는 도중에 죄송하지만 그럴 여유가 있을까요. 고귀한 중생의 생명이 사라져 버릴 텐데요."

"…………."

공중에 떠오른 테라코마리는, 잠시 멍하니 움직임을 멈추었다.

그러나 회복은 빨랐다.

황금의 마력을 날리며, 그야말로 별과 같은 속도로 마을을 돌아다니기 시작한다.

트레몰로는 법의 안쪽에서 나이프를 꺼냈다.

틈은, 얼마든지 있었다.

전능감이 점점 희미해져 갔다.

초조함 때문에 냉정한 판단도 못 하게 되었다.

나는 거의 맨정신인 채로 마을을 돌아다니고 있었다. 아래에는 홍수에 휩쓸려 가는 사람들의 모습이 있었다. 서둘러 그들 곁으로 가서 팔을 잡아 끌어당기고 안전한 장소로 데려갔다. 그것을 몇 번이나 반복하고 있는 사이에, 마음속에서 절망의 모종이 자라나고 있었다.

나 혼자서는 어쩔 도리가 없다.

넘치는 물, 가라앉는 지반, 붕괴하는 가옥――.

구해야 할 사람의 수가 너무 많다.

"이, 런, 일이……."

빌은. 에스텔은. 코레트는. 네리아는――. 동료들은 무사할까. 여기에서는 모르겠다. 불안하다. 어쨌든 괴로워하는 사람들을 위해 움직여야 한다.

"!"

문득 작은 아이가 나무에 매달려 있는 광경을 목격했다.

격류에 노출되어 당장에라도 땅속으로 휩쓸려 버릴 것 같았다.

앞뒤 가리지 않고 몸이 움직였다. 황금의 마력을 뿌리면서 제비와 같은 속도로 급강하한다.

"윽."

갑자기 옆구리에 충격이 퍼졌다.

마력이 사라졌다. 절망이 밀어닥쳐 온다. 어디서 날아온 건지 모를 나이프가 배에 꽂혔다.

이제 날 수조차 없다.

【고흥의 애도】가 강제 해제된 나는 그대로 나선 형태로 땅에 추락했다.

등이 강하게 부딪히는 바람에 의식이 날아갈 뻔했다. 홍수와 산사태의 한복판이 아닌, 조금 높은 위치에 떨어진 게 불행 중 다행이겠지——. 하지만 그런 건 제쳐두고 어쨌든 아팠다.

나이프로 도려내진 상처에서, 끊임없이 피가 넘쳐나고 있었다.

그래도 나는 이를 악물고 견딘다.

이 마을에는 나보다 괴로운 사람들이 많이 있으니까——.

"——끈질기군. 역시 성채에 대적하는 사람이네요."

전방.

나는 숨을 거칠게 내쉬면서 고개를 들었다.

트레몰로 파르코스텔라가 오른손에 나이프를 쥐고 서 있다.

그녀는 부끄러운 듯 미소를 지으며, 천천히 한 걸음을 내디뎠다. 나에게 결정타를 날릴 생각이겠지.

"너……, 빌의, 독이, 들은 거…….

"나았습니다. 그건 '영음종(靈音種)'을 대상으로 한 독은 아니었거든요."

영문을 모르겠다. 그러나 트레몰로가 완쾌한 것은 사실인 듯했다.

나는 어떻게든 도망치려고 생각하며 몸을 일으킨다.

그러나 근육에서 힘이 빠져, 그 자리에 무너지고 말았다.

머리가 몽롱해지고 있다. 아픔의 감각이 둔해져 간다. 찔린 적은 여러 번 있었지만, 이번에는 찔린 곳이 문제인 것 같다──.

"자, 기대해 주세요."

디잉. 디잉. 뤼미에르 마을에 비파 소리가 울린다.

트레몰로가 황홀한 발걸음으로 다가온다.

"네르잔피 경의 한을, 풀어보도록 할까요."

아아, 나는 이대로 죽어버리는 것일까.

그런 식으로 포기하기 시작했을 때.

"──코마리 님!!"

흐려진 시야 너머에서, 푸른 머리 소녀가 다가오는 것이 보였다.

☆

빌헤이즈는 코레트에게 부축을 받으며 기어서 나아간다.

산사태가 일어났을 때, 코레트를 감싸다 오른쪽 발목이 크게 맞은 것이다.

하지만 아프다고 주저앉아 있을 때가 아니다. 토사와 탁류에 파괴된 뤼미에르 마을의 작은 언덕, 그 한가운데 경애하는 주인이 쓰러져 있으니까.

"코마리 님!"

울부짖으면서 코마리의 곁으로 다가갔다. 그녀는 참혹한 모습으로 땅에 누워 있었다. 배가 찢어져 돌이킬 수 없을 만큼 대량의 혈액이 흘러넘쳤다.

"빌······."

"코마리 님, 말하지 마세요. 피를 멈출 테니까······."

"······다행이다. 너도 코레트도····· 무사했구나. 아까 그 아이는·····, 그리고····· 네리아는, 에스텔은······."

뒤에서 코레트가 숨을 삼키는 기색이 났다.

코마리의 손을 움켜쥐며, 빌은 분노에 떨었다.

'남일 따위는 아무래도 좋잖아'라고 절규하고 싶은 기분이었다.

이 사람은 자기 아픔에 무관심한 것이다. 빨리 치료해야 한다.

해야 하는데──, 어떻게 하면 좋은 것인지 전혀 모르겠다.

여기에는 마핵이 없다. 상처가 곧바로 낫는 경우는 없다.

"빌! 테라코마리의 안색이······."

코레트가 거의 비명 같은 소리를 흘렸다.

어느새 코마리는 의식을 잃고 있었다.

얼굴은 마른 풀잎처럼 창백하고, 호흡도 점점 약해지고 있다.

절망적인 사실을 깨달았다.

이 미래는【판도라 포이즌】으로 본 것과 완전히 똑같다.

"──잠자듯이 죽었군요. 이걸로 성채의 장애물이 하나 사라졌습니다."

키득키득, 심술궂은 웃음소리가 들렸다.

트레몰로 파르코스텔라가 주머니에 손을 넣고 서 있다.

코레트가 "힉" 하고 겁먹은 듯 후퇴한다.

"이, 이 녀석 역시 이상해! 테라코마리를 데리고 도망치자!"

"하, 하지만, 코마리 님은……."

"명운은 정해졌습니다. 테라코마리 씨의 여정은 여기서 끝인 것 같네요──. 그리고 빌헤이즈, 이제 당신의 차례입니다."

트레몰로가 나이프를 겨누며 다가온다.

싸워야 한다. 하지만 코마리를 내버려 둘 수 없다. 애초에 이런 다리로 싸울 수 있을까? 아니, 지금 당장 코마리의 피를 지혈해야 한다. 하지만 그 사이 트레몰로에게 살해당해 버릴 것이다. 코레트를 지킬 수조차 없다. 도대체 어떻게 해야──.

디잉.

"움직이지 말아 주세요. 날붙이를 사용하는 데는 서툴러서."

그림자가 떨어졌다.

살인귀가 바로 앞에 서 있었다.

나이프를 잡은 손이 뱀 같은 움직임으로 내려든다.

빌은 주저앉은 채로 경직되어 있었다. 코마리 님이 죽어버릴지도 모른다, 그러한 절망적인 예감이 전신을 칭칭 옭아매고 있

었다. 심장이 벌렁벌렁했고, 코레트의 비통한 목소리가 들리면
서 지금까지의 일이 주마등처럼 빙글빙글 맴돌았다——.

"——찾아냈다! 당신이 별의 수하구나!"

상공에서 귀에 익은 목소리가 내려왔다.
이어서—— 엄청난 기세로 뭔가가 눈앞에 추락했다.
흙이 솟구치고 주변에 모래 먼지가 피어오른다. 코레트가 비
명을 지르며 뒤로 넘어갔고 빌도 무심코 눈을 감으며 고개를 돌
려버렸다.
머리가 따라주지 않는다. 도대체 무슨 일이 벌어지고 있는 거
지——. 빌은 흉흉한 기색을 느끼고 무심코 고개를 들었다. 어
째서인지 온몸이 떨려서 견딜 수가 없었다. 가시 돋친 사악한
기색이 세계를 좀먹어 간다. 뤼미에르 마을이 새로운 어둠에 싸
여간다.
빌은 떨리는 목소리를 간신히 짜내었다.
"어째서, 당신이⋯⋯."
그건 너무나도 의외의 인물이었다.
마치 빌을 보호하듯, 한 소녀가 거기에 있었다.
게다가—— 이게 웬일인지, 그 녀석은 트레몰로의 나이프를
집게손가락으로 막은 것이다.
코레트가 "누구⋯⋯?"라며 멍한 듯이 중얼거린다.
트레몰로가 "아아⋯⋯"라며 공포 어린 소리를 낸다.

Illustrations copyright © riichu

소녀는 "정말이지!" 하고 툴툴거리며 화를 내고 있다.

"잘도 나의 상자 정원을 휩쓸어 줬네! 뤼미에르 마을은 저 세상의 요점 중 하나였거든?! 그랬는데…… 이렇게 엉망으로 만들다니! 절~대로 용서 못 해!"

빛나는 태양과 같은 금발을 트윈테일로 묶은 흡혈귀.

종교풍 코디네이트인 건 그녀가 바로 얼마 전까지 '율리우스 6세'라는 성직자였기 때문이겠지. 그리고 그 옷의 곳곳에 뒤집힌 달을 모티브로 한 장식이 붙어 있었다.

스피카 라 제미니.

뒤집힌 달의 보스가, 어째선지 빌을 등지고 서 있었다.

"당신은……, 유세이가 말했던……."

"스피카 라 제미니야! 그러는 당신은 누구야?"

째앵, 나이프가 갈라진다.

트레몰로가 전율한 기색으로 두, 세 걸음 물러났다.

스피카는 칼날의 파편을 휙 던져버리면서, "있잖아"라며 질렸다는 기색으로 한 걸음 다가온다.

"무서워하지 마. 당신의 이름도 가르쳐주지 않을래? 나는 자기소개를 했잖아? 이름을 알려줬는데 당신 이름은 안 알려주는 건 실례 아닐까? 이래서는 친해질 수 없어!"

"그—— 그러네요. 저의 이름은 트레몰로 파르코스."

주먹이 트레몰로의 안면에 박혔다.

비파 법사의 몸은 흔적도 없이 날아갔다.

대나무 헬리콥터처럼 공중을 여러 번 회전하더니——, 쩔그

럭! 뒤에 있던 잔해에 격돌한다.

자욱한 흙먼지가 피어오른다. 너무 상황이 의미를 알 수 없어서 머리가 어떻게 될 것 같았다. 옆에 있는 코레트도 혼란스러운 듯 눈이 돌아가고 있다.

"——아하하하! 걸렸네! 당신과 친해지고 싶을 리가 없잖아."

스피카는 품에서 사탕을 꺼내더니 입에 물었다.

그녀는 꼭 꽃밭을 산책하는 것처럼 느긋한 걸음으로 트레몰로 곁으로 향한다.

모래 먼지 속에서 축 늘어져 있던 그녀의 멱살을 우격다짐으로 힘껏 잡아당겼다. 달 표면에 부는 바람처럼 차가운 음색으로, 스피카는 묻는다.

"자, 유세이의 위치를 털어놔."

"그것은…… 그것은…… 말할 수 없습니다……."

"살해당하고 싶어?"

"모릅니다. 호위는 '구인' 네프티 스트로베리가 맡고 있거든요."

"그럼, 그 녀석의 거처는?"

"떠올릴게요. 떠올릴 테니 잠시만……."

옆에서 봐도 트레몰로에게 승산은 없어 보였다.

스피카는 목 졸라 죽일 기세로 비파 법사를 몰아세우고 있다.

그녀의 목적은 뭐지? 구하러 와 준 건가? 지금까지 계속 적대하고 있었는데? 애초에 왜 여기 있는 걸까? ——의문이 소용돌이치며 미동조차 할 수 없다.

"——생각났습니다. 주소를 쓴 종이가 주머니에 들어 있습니다."

"그래? 가르쳐줘."

"네. 이겁니다."

트레몰로가 주머니에서 손을 꺼냈다. 그러나 그것은 종이가 아니다. ──야구에서 쓰는 공만 한 크기의 검은 구슬이었다.

"! 당신."

"안녕. 오늘은 무승부군요."

트레몰로가 검은 구슬을 땅바닥에 내던졌다.

퍼엉!! ──갑자기 보라색의 연기가 퍼진다.

디잉. 디잉. ──난데없이 현 소리도 들려온다.

스피카가 "콜록콜록" 하고 기침했다. 뭉게뭉게 퍼지는 연기를 돌파하며 트레몰로의 몸이 고속으로 하늘 저편으로 날아간다. 그 소녀는 탈출용 실을 남기고 있었던 것이다──. 아연실색하는 사이 비파 법사의 모습은 산 너머로 사라져 보이지 않게 되어 버렸다.

이윽고 연기는 바람에 휩쓸려 희미해져 간다.

거기에 남은 것은 비파 법사의 입에서 새어 나온 몇 방울의 피뿐.

스피카는 붉은 사탕을 살랑살랑 흔들면서 한숨을 내쉬었다.

"뭐야?! 연막탄이라니 비겁하잖아?! 그렇지, 빌헤이즈?"

"어…………."

갑자기 말을 걸어와서 간이 철렁했다.

스피카 라 제미니── '신을 죽이는 사악'은, 발길을 휙 돌리더니 미소를 띠며 이쪽으로 다가온다.

두려운 나머지 손발이 떨린다. 그러나 용기를 내야만 한다. 코마리를 지켜야 한다——. 그렇게 결의하고 주머니에서 쿠나이를 꺼냈다.

"왜 그래? 내가 적으로 보여?"

"…………."

"명답이야! 내가 당신 목숨을 구하러 왔다고 생각하면 큰 착각이야."

스피카가 "영차" 하고 몸을 구부렸다.

뭘 하는 걸까 하는데, 그녀는 지면에 쓰러져 있는 코마리의 몸을 들어 올리더니 그대로 억지로 '어부바'했다. 그녀의 옆구리에서 피가 뚝뚝 흐르는 것을 본 순간, 빌은 시야가 새빨개질 정도의 분노를 느꼈다.

"가볍잖아. 아직 아이네."

"뭐……, 뭘 하는 거죠! 코마리 님을 놓아주세요!"

덤벼들려고 했지만, 다리가 아파서 휘청했다.

지면에 얼굴부터 슬라이딩, 온몸이 진흙투성이가 되어 버린다. 일어서려고 해도 아픔과 피로에 몸이 말을 듣지 않았다.

"안심하세요! 지금은 죽이지 않아——.【고홍의 애도】는 '성채'를 죽이기 위한 도구로 이용할 수 있거든."

"스피카 라 제미니……, 너는……."

"당신은 거기에서 '소꿉친구'와 함께 바닥을 기고 있으면 돼. 마을 사람은 내 동료가 구출하고 있어. 네리아 커닝엄이나 적갈색의 성실해 보이는 애도 무사해. 게다가 이제 곧 뮬나이트 군이 도착한다는 것 같아. 여기 가만히 있으면 죽지는 않을걸."

"멋대로 굴면 용서하지 않겠습니다……, 코마리 님을…… 내려주세요……."

"내려주면 죽는데? 그래도 좋아?"

말문이 막힌다.

빌에게는 그녀를 구할 방법이 없으니까.

"당신은 무력감에 시달리며 꺾여 있으면 돼! 테라코마리는 내가 잘 이용해 줄 테니까."

"자…… 잠깐……!"

스피카는 듣는 척도 하지 않는다.

꼼짝할 수 없는 빌과 코레트 옆을 그냥 지나쳐, 콧노래를 부르며 마을 출구 쪽으로 떠나갔다. 놓치지 않으려고 온몸에 힘을 주었지만 질척질척한 지면에 발이 묶여 다시 드러누워 버린다. 체력이 바닥난 것이다.

"코마리 님……."

메이드로서 언제라도 코마리의 곁에 있겠노라 맹세했다.

세계를 정복하기 위해 서포트하겠다고 결의했다.

그러나── 일찍이 이런 결과가 될 줄은 생각도 못 했다.

무엇보다 의미를 모르겠다.

어째서 스피카가 나타난 것일까. 어째서 코마리가 납치당해야 하는 걸까.

너무나도 엉망진창 아닌가──.

그때, 코레트가 경악해서 떨리는 목소리로 말했다.

"현자님······?"

"뭐?"

잘못 들은 것일지도 모르겠다.

빌이 추궁하기에 앞서 코레트는 "아니야" 하고 고개를 가로젓는다.

"뒤쫓아도 소용없어······. 저 사람을 이길 수 있을 리가 없어······."

"················."

뤼미에르 마을은 괴멸 상태.

하지만——홍수는 어느새인가 사라지고, 대지의 침몰도 멈춘 것 같다.

사악한 기색이 가시고, 구름 틈새로 온화한 빛이 들어온다.

멀리서 군대의 구두 소리가 들렸다. 뮬나이트의 병사가 도착한 것일지도 모른다.

그것은 위안이 되지 않았다.

멀어져가는 주인의 등을 멍하니 바라보면서, 빌은 어찌지도 못하고 이를 갈았다.

저세상의 전란은 혼미하기 짝이 없다.

그것은 절대적인 '소원'을 둘러싼 이야기의 시작이기도 했다.

서로 양보할 수 없는 것이 있기에 싸움이 그칠 일은 없는 것이다. 누군가를 상처입히고, 상처 입고, 죽이고, 살해당하고, 희비가 교차하는 싸움이 연쇄해 간다.

그것을 극복할 열쇠가 되는 것은 흔해 빠진 배려심뿐이다.

그러나, 사람들이 그것을 생각해 낼 날이 오는 것은 아직 먼 듯했다.

☆

저세상, 백극제국──.

궁전 광장에 기묘한 무리가 나타났다. 마치 【전이】 마법처럼 뜻밖의 일이었다──. 그러나 이 세상에는 마법이라는 개념은 존재하지 않는다. 순찰 임무를 맡고 있던 위병은 갑자기 출현한 그들을 보고 영문을 알 수 없어 그 자리에서 나동그라질 수밖에 없었다.

인원은 20명 정도다.

종족이나 연령, 성별은 제각각으로 통일감이 없다.

그러나 그들에게는 의지가 깃들어 있었다. 어떡해서든 '잃어버린 동료'를 되찾겠다는 단단한 의지가——.

"——여기가 저세상입니까. 저쪽과 변함없이, 하늘은 푸르군요."

짤랑, 하고 방울 소리가 울렸다.

집단의 선두에 서 있던 전통스러운 복장의 소녀, 아마츠 카루라가 냉정한 목소리로 중얼거렸다.

"바로 행동을 개시하죠. 우선 주변의 상황을 파악하도록 해요."

"응. 테라코마리 선생님은 어떻게 됐을까……."

옆에는 닌자 복장의 소녀, 미네나가 코하루가 불안한 듯한 표정으로 서 있다.

카루라는 "괜찮아요"라며 격려하듯 미소 지었다.

"코마리 씨는 강한 분이기 때문에, 분명 무사할 겁니다. 코하루도 그렇게 말했잖아요."

"소설 속편을 못 읽게 될까 봐 걱정이야."

"뭘 걱정하고 있는 건가요, 당신은……."

코하루는 "농담"이라며 진지한 얼굴로 중얼거렸다.

그 작은 손이 떨리고 있는 것을 보면 그녀도 긴장한 것이겠지. 무리도 아니다——. 카루라는 반사적으로 괜찮다고 말했지만, 괜찮다는 보증은 어디에도 없으니까.

"카루라 씨. 빨리 출발합시다."

"그렇네요——, 히익?!"

카루라 옆에 선 것은, 사쿠나 메모아 칠홍천 대장군. 코마리라면 끔뻑 죽는 사람이자, 전 테러리스트인 초절정 미소녀다.

그녀의 눈동자가 무서울 정도로 탁해진 것을 본 순간, 카루라는 무심코 주춤했다.

이건 사람을 죽일 듯한 눈이다──, 그렇게 생각했다.

"코마리 씨는 분명 곤란해하고 있을 거예요. 제가 도와줘야 해요."

"네, 네! 그럼 우선 방침을 정하죠! 어딘가 조용한 곳을 찾아서──."

"그날은 코마리 씨와 과자 파티를 할 예정이었는데. 같이 새벽까지 수다를 떨 예정이었는데. 어째서 이렇게 된 거죠? 왜 신께서는 코마리 씨에게 이렇게 지독한 짓을 하는 거냐고요? 용서 못 해. 용서 못 해. 코마리 씨 쪽으로 가야 해."

"코하루, 도와줘요~~~!! 사쿠나 씨가 이상해졌어요!!"

"원래부터 이상했어."

"아하하⋯⋯. 절 방해하려는 거죠? 방해꾼은 벌해야겠어요. 얼음에 담가서 기억을 빼내 줄게요."

"사쿠나 씨, 진정하세요! 대체 누구랑 얘기하는 거예요⋯⋯⋯. 응?"

문득 인기척을 느끼고 앞쪽으로 시선을 돌린다.

거기에는 갑옷을 입은 병사들이 집결하고 있었다. 아무리 봐도 우호적인 분위기가 아니다. 팽팽한 살의와 긴장이 썰렁한 궁전을 가득 메운다.

"⋯⋯으음, 누구시죠?"

"이쪽은 불법 침입자. 무력으로 격퇴해도 불평은 할 수 없어."

최악이었다.

카루라는 거품을 물며 병사들 쪽으로 돌아섰다.

"저, 저기! 저희는 수상한 사람이 아닙니다! 우선은 대화를——."

"번거롭습니다. 제가 전부 쓰러뜨릴게요."

"부탁이니까 정말로 기다려 주세요!! 여기 아마 마핵은 없으니까요?! 다치면 큰일 날 거예요?!"

"놓으세요! 저는 코마리 씨 곁으로 가야만 해요……!"

"알아요, 아니까 지팡이는 집어넣으세요, 지금 당장! 전쟁이 시작되어 버리니까!! 코하루도 쿠나이 겨누지 말고 진정해요!"

카루라는 뛰쳐나가려는 사쿠나의 팔을 황급히 양쪽에서 붙들었다.

전도다난. 코마리를 찾기 전에 자신들이 죽어 버릴 것 같았다.

아무튼, 이렇게 해서 수색대의 활동이 시작됐다.

☆

저세상의 경치는 모든 게 변해버렸다.

내가 목표로 하는 이상향과는 멀었다. 하늘은 붉고, 여기저기서 비극적인 싸움이 전개된다. 슬픔의 에너지로 가득하다. 잠깐 숨만 쉬어도 목이 얼얼할 정도였다.

이 상황을 낳은 원흉은 분명하다.

'성채'.

녀석들을 막지 않는 한, 아무것도 시작할 수 없다.

녀석들을 막기 위해서라면 어떤 수단이라도 사용할 것이다.

나는 발길을 돌려 가옥 안으로 돌아갔다. 투모루 공화국이라는 잘 모르는 나라의 군대에게 유린당한 이름 없는 마을의 창고다.

방 중앙에 허술한 침대가, 그리고 울상으로 침대에 매달려 있는 소녀가 하나 있다.

"——테라코마리의 상태는 어때? 아이란 린즈."

소녀——, 아이란 린즈가 퍼뜩 뒤를 돌아봤다.

녹색 머리카락, 공작같이 하늘하늘한 의상.

"……서, 서."

린즈가 머뭇머뭇 말을 꺼냈다.

두려워하고 있는 것 같다. 나처럼 관대한 흡혈귀는 존재하지 않을 텐데.

"서, 【선왕의 인도】를…… 마핵 이외에 사용하는 것은, 처음이라……. 하지만, 아마, 살지 않을까요……. 그래도, 이건 응급조치밖에 안 돼서……. 쭉 손을 잡고 있지 않으면, 【선왕의 인도】는 끊어져 버리니까……."

"당신이 할 일은 응급 처치야. 코르네리우스가 도착할 때까지 버텨주면 되거든——. 흐응, 안색이 좋아졌는데."

열핵해방은 마음의 힘.

린즈의 '테라코마리를 구하고 싶다'라는 마음이 세계에 간섭하고 있는 거겠지.

나는 피 사탕을 주머니에서 꺼내, 왠지 모르게 그녀의 잠든 얼굴을 바라본다.

세상을 바꿀 희대의 대영웅.

이렇게 뚫어지게 관찰해보면 너무나도 작다.

600년이나 살아온 인간에게 있어서는 아기 같은 존재다——. 하지만 그 몸에 깃든 의지력, 상냥함은, 나의 그것과도 필적할 정도로 방대했다.

"테라코마리. 모처럼 구해줬으니까 가능한 한 죽지 말아줘."

무심코 미소가 흘러넘친다.

작은 흡혈 공주의 잠자는 얼굴을 내려다보면서, 나는 조용히 말을 걸었다.

"너도 세상을 바꾸고 싶지? 성채를 용서할 수 없잖아? 그렇다면—— 빨리 나아서 나를 이용해! 스피카 라 제미니는 테라코마리 건데스블러드를 환영하겠어!"

작가 후기

늘 감사합니다. 코바야시 코테이입니다.

8권입니다.
이세계로 날아간 코마리 일행의 운명은 과연……?!
그런 느낌의 내용이었습니다. 실제로 갑자기 이세계로 날아가
도 곤란하겠죠……. 저도 난감했던 적이 있습니다. 그런 이유로
코마리 일행이 당황하면서도 앞으로 나아가는 모습을 지켜봐
주시면 기쁘겠습니다.

늦게나마 감사 인사드립니다.
많은 캐릭터를 귀엽고 훌륭하게 그려주신 리이츄 님.
외톨이 흡혈 공주답게 멋진 디자인을 해 주신 히이라기 료 님.
곳곳에서 많은 어드바이스를 해 주신 스기우리 요덴 님.
기타 간행, 발간에 도움을 주신 많은 분.
이 책을 구매해 주신 독자 여러분.
모든 분께 깊게 감사드립니다, 감사합니다!

9권의 무대는 계속해서 저세상입니다.
계속해서 봐주시면 감사하겠습니다.

(그리고 이번에도 이 자리를 빌려 홍보…….)

월간 빅 간간에서 '외톨이 흡혈 공주의 고뇌' 만화판을 연재 중입니다! 이 후기를 쓰는 시점에서는 4화까지 봤는데 전부 코마리가 가득한 최고의 만화판입니다. 제7부대도 엄청나게 생생하고 재미있게 그려져 있어서 원작 담당인 저도 무심코 웃고야 말았습니다. 공식 사이트에서 미리보기도 할 수 있으니 꼭 좀 잘 부탁드립니다!

코바야시 코테이

HIKIKOMARI KYUKETSUKI NO MONMON 8
Copyright © 2022 Kotei Kobayashi
Illustrations copyright © 2022 riichu
Original Japanese edition published in 2022 by SB Creative Corp.
Korean translation rights arranged with SB Creative Corp.
through Japan UNI Agency, Inc., Tokyo

외톨이 흡혈 공주의 고뇌 8

2024년 3월 15일 1판 1쇄 발행

저　　　　자	코바야시 코테이
일 러 스 트	리이츄
옮 긴 이	고나현
발 행 인	유재옥
총 괄 이 사	조병권
출판본부장	박광운
담 당 편 집	박치우
편 집 1 팀	박광운 최서영
편 집 2 팀	정영길 조찬희 박치우 정지원
편 집 3 팀	오준영 이해빈 이소의
디자인랩팀	김보라 박민솔
디지털사업팀	박상섭 김지연 윤희진
라이츠사업팀	김정미 맹미영 이윤서
영업마케팅팀	최원석 박수진
물 류 팀	허석용 백철기
경영지원팀	최정연
인쇄제작처	㈜코리아피엔피
발 행 처	㈜소미미디어
등 록	제2015-000008호
주 소	서울시 마포구 토정로222, 403호 (신수동, 한국출판콘텐츠센터)
판매 및 마케팅	(070) 8822-2301

ISBN 979-11-384-8223-3
ISBN 979-11-384-1037-3 (세트)